ग्लोबल दबंग

ग्लोबल दबंग

ट्रंप – मोदी – एर्दोगान – दुतेर्ते

ईव एंसलर, दानिश हुसैन, बुरहान सॉनमेज़,निनॉच्का रॉस्का

संपादक विजय प्रशाद

अनुवाद योगेंद्र दत्त

लेफ़्टवर्ड

पहला संस्करण, मार्च 2019

लेफ़्टवर्ड बुक्स
2254/2 ए शादी खामपुर
न्यू रंजीत नगर
नई दिल्ली – 110008
भारत

लेफ़्टवर्ड बुक्स नया रास्ता पब्लिशर्स प्रा. लि. की प्रकाशन शाखा है।

leftword.com

ISBN 978-81-934666-4-3

यह पुस्तक लेफ़्टवर्ड बुक्स की *Strongmen: Trump, Modi, Ergogan, Duterte* का अनुवाद है।

मुद्रक : चमन इंटरप्राईज़ेज़ : दिल्ली

Global Dabang: Trump, Modi, Erdogan, Duterte
Eve Ensler, Danish Husain, Burhan Sonmez, Ninotchka Rosca
Edited by Vijay Prashad

विषय सूची

दलदल के गंदे पानी में,

कीच से ठस थूथन में, चुपचाप

बढ़ती जाती है नफ़रत

परत-दर-परत, सांस-दर-सांस।

– पाब्लो नेरूदा, *लॉस डिक्टाडोर्स*

विजय प्रशाद

भूमिका

दैत्य लौट आए

संकट ये है कि पुराना मर रहा है और नया पैदा नहीं हो सकता।
इसी अंतराल में मर्ज़ के सबसे घातक लक्षण उभरते हैं।
-एंटोनियो ग्राम्शी, प्रिज़न नोटबुक, 1930

दैत्य लौट आए हैं। उनके सरपरस्त हैं कुछ ताक़तवर लोग। बहुत ताक़तवर लोग – ट्रंप, मोदी, एर्दोगान, दुतेर्ते और ऐसे ही कई और लोग। मगर वास्तव में ये लोग ताक़तवर नहीं हैं। ये ऐसे लोग हैं जो ताक़तवर होने का अभिनय करने में माहिर हैं। जनता को भरमाने वाले भौंडे शब्दजाल के पीछे पनाह लेने की कला में पारंगत हैं ये लोग। जब सामाजिक यथार्थ का सामना करने का मौक़ा आता है तो ये निपट कायर साबित होते हैं। हमारे सामने बेरोज़गारी और भुखमरी, अपमान और असमानता जैसी कठिन समस्याएं मुंह बाए खड़ी हैं मगर उनका समाधान ढूंढने की बजाए ये लोग नफ़रत में पगे जुमले उछाल देते हैं। आज की भीषण सामाजिक समस्याओं से मुक्त भावी दुनिया का ढांचा खड़ा करने के लिए धैर्य और समय चाहिए, भाग कर नफ़रत के खोल में छिप जाना तो बड़ा आसान होता है। मगर हमारे दौर के दैत्य- जो संक्रमण के इस दौर के मरणासन्न लक्षण हैं- समाज की समस्याओं से परेशान नहीं होते। वे उनको कनखियों से देखते हैं, गरदन हिलाते हैं और चंद नुस्ख़े-नसीहतें हवा में उछालकर चल देते हैं। ऐसे नुस्ख़े जो बहुधा रोग से भी ज़्यादा घातक होते हैं।

पहली नज़र में ये दैत्य पिछली सदी के फ़ासिस्टों जैसे ही लगते हैं। जर्मनी का एडॉल्फ हिटलर, इटली का बेनितो मुसोलिनी, स्पेन का फ्रांसिस्को फ्रैंको, जापान का हिदेकी तोयो, पुर्तगाल का ऐंतोनियो डे ओलिविएरा सालाज़ार, रूमेनिया का इयान ऐंटोनेस्क्यू और दक्षिण अफ्रीका का डी.एफ. मालान। इन लोगों की शख्सियत और उनका शासन, उनके राजनीतिक एजेंडा और जिन सामाजिक समूहों से उनको नफ़रत थी, उनके ख़िलाफ़ भयानक दुष्प्रचार से परिभाषित होता था। हिंसा उनके लिए एक रणनीति भी थी और दांव-पेंच का साधन भी। आज के दैत्य भी 1960 और 1970 के दशक के उन दैत्यों जैसे ही लगते हैं जो अपने-अपने देशों में मिलिट्री *जुंटा* के ज़रिए नव-फ़ासीवादी सरकारों का नेतृत्व कर रहे थे। अर्जेंटीना, ब्राज़ील, ग्रीस, इंडोनेशिया और थाईलैंड। ये मुक़ाबलन कमजोर राज्य थे जो निर्यात के लिए बहुत कम लागत पर संसाधनों का दोहन करने और बहुराष्ट्रीय कंपनियों व साम्राज्यवादी सरकारों के तैयार मालों का बाजार खड़ा करने के लिए हिंसा का बेरहमी से इस्तेमाल कर रहे थे।

आज के दैत्य अपने पुराने बिरादरों की सिर्फ़ एक परछाईं भर दिखाई देते हैं। ये

लोग ख़ुद को फ़ासीवादी नहीं कहते। न इनके पास उनके जैसे प्रतीक चिह्न हैं। न ही ये उनके जैसी भाषा का इस्तेमाल करते हैं। इनके भी कुछ अनुयायी आपको स्वास्तिक का निशान लहराते तो मिल जाएंगे मगर अब ये लोग बहुत ज़्यादा एहतियात बरतने लगे हैं। ये फ़ौजी वर्दी नहीं पहनते। न ही ये अपने बचाव के लिए बैरकों से फ़ौज को बुलाते हैं। इनका फ़ासीवाद एक नए शब्दजाल से सजा हुआ है। ये विकास और व्यापार की, नौकरियों और नागरिकों के कल्याण की, प्रवासियों और नशीली दवाओं के तस्करों से ख़तरे व हिफ़ाज़त की भाषा बोलते हैं। फिर भी पुराने दैत्यों की पुरानी भाषा पूरी तरह ख़त्म कैसे हो सकती है। जब आज के दैत्य प्रवासियों और कमजोरों की, अपने राजनीतिक प्रतिपक्षियों की बात करते हैं तो उनके पुराने बंधुओं की ज़बान सुनाई पड़ने लगती है। इन्हें भी ऐसे सब लोग कीड़े-मकोड़े दिखाई देते हैं जिनका सफ़ाया कर दिया जाना चाहिए। इनके इशारे पर फ़ौज सरहद पर भी जा कर डट जाती है और गोलियां लहराती ग़रीब बस्तियों में भी घुसी चली जाती है। समाज को अस्त-व्यस्त करना ही उनका मक़सद है। उनकी पुरानी, मरणशील भाषा, मौत और ध्वंस की भाषा सुनाई पड़ने लगती है।

क्यों लौट आए हैं ये दैत्य? 1920 और 1930 के दशकों में उन्होंने पश्चिम में तब सिर उठाया था जब वहां मज़दूरों का आंदोलन बहुत प्रखर था। पूंजीवाद एक भंवर में फंसता जा रहा था। उस वक़्त दैत्य आए थे मज़दूरों के आंदोलन का दम घोंटने के लिए। पूंजीवाद के डोलते जहाज को थामने के लिए। इसके लिए सबसे पहले उन्होंने वामपंथी पार्टियों को तोड़ा और मज़दूरों के एक तबके को अपनी क़तारों में खींच लिया था। उन्होंने समाज पर हमले किए, उसके संस्थानों पर हमले किए, उसके आत्मविश्वास को चकनाचूर कर दिया। देखते-देखते वामपंथ के जुझारू वर्कर्स चारों ओर से ख़तरे में घिरते चले गए। ग्राम्शी के शब्दों में, 'लफ़्फ़ाज़ी के अफारे से फूले' ये दैत्य एक बेहतर दुनिया का ख्वाब देखने के अपराध में समाज को यातना दे रहे थे। डराना-धमकाना और जोर-जबर्दस्ती एक सामान्य बात बन गई थी। ये दैत्य हिंसा की इसी चूल पर सत्ता की अपनी हवस और बड़ी पूंजी के लिए फ़ायदेमंद समाज व्यवस्था की ज़रूरत के बीच एक संतुलन बिठाते थे। और तो और, आख़िरकार सरमायेदारों को भी उनका गुस्सा झेलना पड़ा। पूंजीपतियों को एक कमरे में बिठाकर उन्होंने इस बात के लिए धमकाया कि वे पूंजीवाद के प्रति पर्याप्त निष्ठा क्यों नहीं रखते! उनका हुक्म था कि पूंजीपतियों के *वर्ग* को अपने व्यक्तिगत पूंजीवादी हितों से पूंजीवाद को बचाना होगा। दैत्य, पूंजीवाद को मज़दूरों के उग्र तेवरों और पूंजीपतियों की लिप्सा से बचाने के लिए मंच पर आए थे।

दैत्यों ने लोगों को हिदायत दी कि वे इस्तरीशुदा वर्दी और चमचमाते बूट पहने सड़कों पर कदमताल करने वाले उनके टट्टुओं से डर कर जीना सीखे लें। अगर कोई भी उनके नियम से अलग जाता था तो ये बूटधारी पलक झपकते उस पर टूट पड़ते थे। ये फ़ासिस्ट एक सड़ते हुए पूंजीवाद की तलछट थे। आख़िरकार उनकी महत्वाकांक्षाएं युद्ध की लपटों में भस्म हो गईं। इंसानियत के ख़िलाफ़ उनकी भयानक हिंसा ने उनकी सारी योजनाओं को नेस्तनाबूद कर दिया।

ये तब की बात थी और ये अब की बात है। ये दैत्य क्यों लौटे हैं?

विचारधारा और तकनीक की मार झेलते और कमोडिटी के लोभ व कंप्यूटरों की उत्पादकता की बदौलत आज तो मज़दूरों का आंदोलन भी कमजोर है। वामपंथी पार्टियां बहुत कम हैं और अगर हैं भी तो वे मज़दूरों, किसानों और बेरोज़गारों को संगठित करने में पेश आ रही कठिनाइयों के चलते बहुत कमजोर हो चुकी हैं। यही वे प्रमुख वर्ग हैं जो सामाजिक पुनरुत्पादन, काम की तलाश और काम पर आने-जाने के लिए अपना बेहिसाब वक़्त गंवा रहे हैं। व्यक्तिगत तरक़्क़ी की कल्पना वामपंथ की सांगठनिकता की परियोजना के सामने एक भीषण बाधा बन गई है। इस दिशा में तो पूंजीवाद के सामने फ़िलहाल कोई ख़तरा दिखाई नहीं देता। बुर्जुआ लोकतंत्र वामपंथ के इन हमसफरों को निचोड़ने में पूरी तरह सक्षम है। पूंजीपति वर्ग को इसके लिए किसी फ़ासिज़्म की *ज़रूरत* नहीं है। अगर फ़ासिस्ट पैदा होते हैं तो इसका कारण ये नहीं है कि वामपंथ पूंजीपतियों के लिए कोई ख़तरा बन गया है।

मगर हां, पूंजीवाद काफ़ी अस्त-व्यस्त हालत में तो ज़रूर है। ग़ैर-बराबरी आसमान छू रही है। ऐसा लगता है मानो अतिधनाढ्य – जो दिन-प्रतिदिन और कम होते जा रहे हैं – तेज़ी से बढ़ते जा रहे अतिनिर्धनों के मुक़ाबले किसी अलग नस्ल के लोग हों। एक मोटी और ऊंची दीवार ने इंसानियत को दो ख़ेमों में बांट दिया है। ग़रीब ये कल्पना कर रहा है कि अगर नसीब ने साथ दिया तो वो भी अमीर हो सकता है मगर वह जानता है कि इसकी उम्मीद न के बराबर है। दूसरी तरफ़ अमीर जानता है कि वो अब कभी ग़रीब होने वाला नहीं है। इन अमीरों ने फ़ाइनेंस, नए विज्ञान और पैसे की कीमियागिरी की नित नई और खोखली लफ़्फ़ाज़ी – BISTRO, CDS, CDO, ABSs के CDOs, CDOs के CDOs, CDOs के CDOs के CDOs, RAROC, SCDOs, SIVs, SPOs और VAR की आड़ में इतनी दौलत जमा कर ली है कि उनकी पीढ़ियों को हाथ हिलाने की ज़रूरत नहीं पड़ेगी। पैसे से पैसा पैदा होता है। वित्तीय समझौतों के दम पर अमीरों ने सदा अमीर रहने का इंतजाम

कर लिया है। पेंशन फंड्स तथा मध्यवर्गीय निवेशकों के पैसे से व्यवस्था को सींचते हुए अमीरों की ऐश के साधन जुटाए जा रहे हैं। व्यवस्था चलाने वालों का दावा है कि व्यवस्था हमेशा जीतती है। पेट्रो डॉलर और डेरिवेटिव्ज़ से ख़ुराक ले रहे फ़ाइनेंशियल एक्सचेंज हमेशा अमीरों के हक में चलते हैं। अमीरों ने निवेश या कराधान के ज़रिए खरबों डॉलर संपदा वापस खींच ली है और इस दौलत का वे ऐसे वित्तीय उत्पादों में निवेश कर रहे हैं जिनसे अर्थव्यवस्था को कोई फ़ायदा नहीं होता। उन्होंने अर्थव्यवस्था को क्षीण कर दिया है, उसकी धमनियों को सुखा दिया है. उसके दिल की धड़कन किसी भी पल रुक सकती है। 2007-08 में वित्त व्यवस्था को एक छोटा सा हार्ट अटैक तब आया था जब अमेरिकी हाउसिंग मार्केट धराशायी हो गया था। इस घटनाक्रम ने पूरी व्यवस्था में कंपकंपी पैदा कर दी थी। हो सकता है अगली बार पूंजीवाद का दिल बिल्कुल ही ठप्प हो जाए।

दैत्य इसलिए लौटे हैं क्योंकि नए विज्ञान के माहिर अर्थव्यवस्था को संभालने, बढ़ती असमानता व अपमान पर अंकुश लगाने में नाकामयाब साबित हुए हैं। ऐसा नहीं है कि अब बेरोज़गार मज़दूर पहले से ताक़तवर हो गए हैं। वे तो अब भी कमजोर ही हैं और पहले से ज़्यादा असंगठित भी हैं। मगर वे भी गुस्से में ज़रूर हैं। उनका यह गुस्सा किसी भी दिशा में जा सकता है। यह गुस्सा समाज को खंड-खंड भी कर सकता है जिससे इस अस्तव्यस्त सामाजिक संरचना का ज़हर पारिवारिक जीवन और निजी संबंधों को भी तार-तार कर देगा। यह गुस्सा समाज विरोधी भावनाओं को भी जन्म दे सकता है जिनसे तमाम तरह की हिंसा, समुदाय से अलगाव और वर्ग शत्रुओं से घृणा, कुछ भी हो सकता है। बग़ावत की वास्तविक संभावना के बिना भी बग़ावत का माहौल हमेशा वजूद में रह सकता है। ट्रेड यूनियनों को धराशायी कर दिया गया है। ग्रामीण मज़दूरों को ज़मीन के छोटे-छोटे टुकड़ों से भी महरूम कर दिया गया है। क़र्ज़ का प्रेत दुनिया के एक सिरे से दूसरे सिरे तक लोगों का पीछा कर रहा है और वामपंथी पार्टियां रक्षात्मक मुद्रा में हैं। फिर भी गुस्सा तो फिज़ां में ज़रूर है। ये ज़हर बन कर हवा में घुलता जा रहा है। यह आक्रामक शक्ल ले सकता है। यह अमीरों की ज़िंदगी को ख़तरे में डाल सकता है – उनके घरों को लपटों में ढकेल सकता है, उनके कारोबारों को नेस्तनाबूद कर सकता है।

गहने बनाने वाली कंपनी कार्टिए के मालिक योहान रूपर्ट ने 2015 में मोनाको में आयोजित *फ़ाइनेंशियल टाइम्स* बिजनेस ऑफ़ लग्ज़री समिट के अवसर पर कहा था, 'हमारा समाज संरचनागत बेरोज़गारी और ईर्ष्या, नफ़रत और सामाजिक वैमनस्य का

सामना कैसे करेगा? आज हम मध्य वर्ग को नष्ट करते जा रहे हैं और इसके नतीजे एक दिन हमें भी प्रभावित करेंगे। ये सही नहीं है। यह चिंता मुझे सोने नहीं देती'। 2007 में एक्वांटिव को माइक्रोसॉफ्ट को बेचकर अरबों डॉलर कमाने वाले निक हैनोवर ने कुछ साल पहले अपने 'सहोदर खरबपतियों' को आगाह करते हुए लिखा था : 'कोई भी समाज इस तरह की लगातार बढ़ती ग़ैर-बराबरी के साथ क़ायम नहीं रह सकता। इंसानी इतिहास में ऐसा कोई उदाहरण ही नहीं है जहां संपत्ति इस क़दर जमा हुई हो और फटाव पैदा न हुआ हो। मुझे एक भी बेहद असमान समाज दिखा दीजिए। वहां मैं आपको एक पुलिस स्टेट दिखा दूंगा। या आपको बग़ावत के शोले दिखेंगे'। ये कोई रैडिकल लोग नहीं हैं। ये तो वे लोग हैं जो दुनिया के 0.01% अतिधनाढ्य लोगों की दुनिया में जीते हैं। वे इस बात को बख़ूबी देख पा रहे हैं कि आर्थिक तबाही और सामाजिक अपमान के हालात इन अतिशिक्तिशाली आदमी को तो पैदा कर सकते हैं मगर इससे उन लोगों की गहरी हताशा और गुस्सा शांत नहीं होगा, जो अमीरों के मुनाफ़े के लिए चलने वाली नीतियों से पैदा हुई सामाजिक परिस्थितियों से जूझ रहे हैं।

इस बात का ख़याल कौन रखेगा कि बारोज़गार और बेरोज़गार मज़दूर क़तारों में खड़े रहें और पूंजीवाद गाता-गुनगुनाता बढ़ता चला जाए। यह ज़िम्मेदारी दैत्यों की है। इसीलिए वे वापस लौटे हैं। वे मज़दूरों के आंदोलन पर हमला करने के लिए नहीं आए हैं। यह आंदोलन तो पहले ही कमजोर है। इससे फ़िलहाल व्यवस्था को कोई ख़तरा नहीं है। जी नहीं, वे धराशाई हो चुके समाज पर प्रहार करने लौटे हैं। सिक्योरिटी स्टेट मज़बूत हो रहे हैं। हर चीज की बागडोर पुलिस के हाथ में जा रही है। समाज को डरा-धमकाकर चुप कराने के लिए नित नए निजी गिरोह सामने आ रहे हैं। भारत में दलितों और मुसलमानों की पीट-पीट कर की जाने वाली हत्या, फ़िलीपींस में कथित ड्रग तस्करों की हत्याएं, संयुक्त राज्य अमेरिका में पुलिस अधिकारियों द्वारा अश्वेत मर्दों और औरतों की गोली मारकर हत्या की घटनाओं से अलग-थलग नहीं हैं। राक्षस भी सामान्य, दैनंदिन, नीरस लोकतंत्र के व्यवहार से ही सबक सीखता है। बुर्जुआ लोकतंत्र की संस्थाएं भी दमन के औजारों से भरी पड़ी हैं। पुलिस की बर्बरता को दैनिक यथार्थ का हिस्सा बनाने या समस्याओं से आपका ध्यान भटकाने के लिए युद्ध छेड़ने के वास्ते आपको दैत्यों की ज़रूरत नहीं है। इसके साधन तो पहले से मौजूद हैं। मगर दैत्य कुछ और भी मुहैया कराता है। वे सिर्फ़ ऐसे बुर्जुआ डेमोक्रेट नहीं हैं जो पुलिस और फ़ौज की क़तारों के पीछे छिपे हुए हैं। वे तो खुलेआम सड़कों पर हमारे सामने हैं, घायल मध्य वर्ग और बेरोज़गार मज़दूरों को नसीहत दे रहे हैं कि समाज की विफलताओं के

लिए न तो किसी अमीर का दोष है और न ही किसी सरकार का। न ही हताश व्हाइट कॉलर और ब्ल्यू कॉलर वर्कर्स के लिए उद्यमशीलता का रास्ता कारगर होगा। आगे बढ़ने के लिए उनका नुस्ख़ा है कि जो हाशिए पर हैं, जो कमजोर हैं, उनको इंसान मत समझो, उनके ऊपर पांव रख कर आगे बढ़ जाओ। सारी मुसीबत की जड़ यही लोग हैं।

दैत्य पूंजीपतियों को ये कहने के लिए नहीं लौटे हैं कि तुम और टैक्स जमा कराओ। वे तो बस इतनी गुजारिश करना चाहते हैं कि पूंजीपति और ज़्यादा निवेश करें। दैत्य अर्थव्यवस्था की गर्दन मरोड़ना चाहता हैं ताकि बची-खुची नौकरियां भी उसमें से छिटककर बाहर जा गिरें। जी हां, वे मज़दूरों और बेरोज़गार मज़दूरों की नाक में नकेल कसना चाहते हैं। मगर वे अमीरों को और ज़्यादा नौकरियां पैदा करने के लिए नहीं कह सकते। ऐसा होने वाला नहीं है। अब लाखों लोगों को नौकरियां नहीं मिल पाएंगी। उनको जॉम्बी यानि चलती-फिरती लाशों में तब्दील कर दिया गया है। वे इसलिए वजूद में हैं ताकि जल्दी ही वजूद में न रहें, वे पैदा हुए हैं मगर उनकी ज़िंदगी से मक़सद छीन लिया गया है। लेकिन उनके गुस्से का क्या किया जाए?

इस गुस्से को किसी और तरफ़ मोड़ना होगा। मज़दूर और बेरोज़गार मज़दूर अमीरों के बारे में फ़िक्र क्यों करें? दैत्यों का कहना है कि आख़िरकार अमीरों ने भी तो अपनी मेहनत से ही दौलत कमाई है। अपनी होशियारी और कठोर परिश्रम से ही तो ये अमीर दुनिया की चोटी पर पहुंचे हैं और बड़े-बड़े फाटक खड़े किए हैं। उन्होंने अपनी बस्तियों के गिर्द खंदकें ख़ुदवायी हैं और बड़ी-बड़ी गश्त मीनारें चुनवा कर उनके बीच ड्रोन तैनात किए हैं। दैत्य की दो टूक सलाह ये है कि अमीरों को आंख मत दिखाना, मारे जाओगे। अमीरों को निशाना मत बनाना। अपनी बंदूक़ें उन पर तान दो जो समाज के सबसे हाशियाई लोग हैं।

पुराने दैत्यों के पास एक बहुत शातिर दिमाग़ था। उन्होंने मज़दूरों और बेरोज़गार मज़दूरों और मध्य वर्ग को लाल दस्तों के, वामपंथियों के ख़िलाफ़ मोड़ दिया था जोकि मज़दूरों को ताक़त देते थे। साथ ही उन्होंने लोगों को समलैंगिकों और यहूदियों के ख़िलाफ़ भी मोड़ दिया था। समलैंगिकों को निशाना बनाना आसान था क्योंकि धार्मिक परंपराओं के भीतर ऐसी चीजों के लिए सदियों से बहुत गहरी घृणा पलती चली आ रही थी जो इंसानी संबंधों की रूढ़िवादी परिभाषाओं के अनुरूप न हो। यहूदियों को निशाना बनाना तो और भी आसान था। आधुनिक पूंजीवाद तो एक भूलभुलैया है ही, आधुनिक फ़ाइनेंस पूंजीवाद तो पगला देने की हद तक जटिल है। पुराने ज़माने में क्रुद्ध किसान जमींदार की हवेली या ओवरसियर या सूदखोर के घर पर धावा बोल दिया करते थे।

वे खेतों को रौंद देते थे, मशालें जलाते थे। वे जानते थे कि उनको कौन तबाह कर रहा है। औद्योगिक पूंजीवाद के उन शुरुआती दिनों में चीजें काफ़ी आसान थीं जब फैक्ट्री ही मज़दूरों के गुस्से का निशाना बनती थी।

मगर फ़ाइनेंस पूंजीवाद के आने से खेल बदल गया है, बेहद मुश्किल हो गया है। अब हमला करें तो किस पर करें? खेत रौंदे तो किसका? किसके घर को आग लगाएं? फ़ाइनेंस पूंजीवाद एक ढांचे के रूप में हावी हो जाता है। ये उत्पीड़न का एक बहुत चतुर ढंग है। मज़दूर और बेरोज़गार मज़दूर जानते हैं कि उनका शोषण हो रहा है, उनको इस्तेमाल करके फेंक देने की चीज बना दिया गया है। वे बहुत अच्छी तरह जानते हैं। मगर जो उन्हें आसानी से दिखाई नहीं देता वो ये है कि उनके इन हालात की ज़िम्मेदारी किस पर है। वे न तो बैंक को जला सकते हैं क्योंकि बैंक किसी इमारत का नाम नहीं है। उसकी बेहिसाब शाखाएं हैं। उससे भी ज़्यादा एटीम हैं। वे कॉरपोरेट दफ़्तर को जला नहीं सकते क्योंकि वे जानते हैं कि ऐसे दफ़्तर भी न जाने कितने हैं और न जाने कितने देशों में फैले हैं। पुराने दैत्य यहूदियों पर उंगली उठा देते थे। वे यहूदियों से घृणा की अपनी भाषा में इशारा कर देते थे कि लो तुम्हारा फ़ाइनेंसियर 'वो' जा रहा है। यहूदियों के सफ़ाए के यही अभियान देखते-देखते ऑश्वित्ज़ और त्रेब्लिंका के गैस चैम्बरों में तब्दील हो गए थे। नए दैत्यों को पुराने दैत्यों की यही बात सबसे ज़्यादा भाती है।

मज़दूर और बेरोज़गार मज़दूर, जो इंसानियत का डिस्पोज़ेबल हिस्सा बन गए हैं, वे भी पूंजीवाद की तरफ़ देखते हैं और समझ नहीं पाते हैं कि कौन उन पर गोली चला रहा है, कौन है जिसने उनकी ज़िंदगियों को तबाह कर दिया है। जब-तब कोई मज़दूर कार्यस्थल पर बंदूक़ उठा लेता है और अपने बॉस को गोलियों से भून देता है। ऐसा होता है। मगर इतना नहीं जितना आप सोचते होंगे। ज़्यादातर ये बंदूकें अजनबियों पर ही चलती है। नए दैत्य किसी और पर उंगली उठाते हैं। अमीरों और ताक़तवर लोगों से दूर। वे समाज के सबसे अरक्षित और कमजोर लोगों पर उंगली उठाते हैं। वे प्रवासियों पर उंगली उठाते हैं। तमाम तथ्यों को नज़रअंदाज़ करके वे दावा करने लगते हैं कि प्रवासी ही मज़दूरों और बेरोज़गार मज़दूरों की नौकरियां छीन रहे हैं। ये प्रवासी भयानक हालात से भागकर आ रहे हैं। वहां से, जहां उनके अपने खेत पूंजीवादी खेती से तबाह हो रहे हैं और मशीनों ने भूमिहीन मज़दूरों के तौर पर इनकी बची-खुची मज़दूरी की उम्मीदें भी ख़त्म कर दी हैं। वे दुनिया भर के रेगिस्तानों और समंदरों को पार करके, अपनी ज़िंदगी जोखिम में डालकर उन जगहों पर पहुंचे हैं जहां उन्हें बेहतर काम की

उम्मीद दिखाई देती है। इन नए देशों में भी उनके सामने कोई ख़ास विकल्प नहीं हैं। यहां भी उन्हें निचले पायदान के काम मिलते हैं और नव-दैत्यों द्वारा पोसे जा रहे दस्ते उन्हें हिकारत की नज़र से देखते हैं। स्थानीय मज़दूरों और बेरोज़गार मज़दूरों की दुर्दशा के एवज़ में प्रवासियों को ही सबसे ज़्यादा खटना पड़ता है। ये प्रवासी पूंजीवाद की नाकामी के लिए एक बलिदान हैं।

अगर इल्ज़ाम प्रवासियों पर नहीं लगाया जाता है तो कोई और सामाजिक समूह ढूंढ लिया जाता है। कहीं नशीली दवाओं के कारोबारी तो कहीं आतंकवादी। ऐसे लोगों को नागरिकता से महरूम कर दिया जाता है, उनके मौलिक मानवाधिकार भी छीन लिए जाते हैं। मार्शल लॉ क़ायम कर दिया जाता है। आपातकालिक शक्तियां लागू कर दी जाती है। तानाशाह को कुछ भी करने की छूट दे दी जाती है ताकि वह वास्तविक नागरिकों को उन लोगों से बचा सके जिन्होंने, बक़ौल तानाशाह के, नागरिकता के चौखटे को चुनौती देने की हिमाकत की है। उनकी निगाह आतंकवादी या ड्रग डीलर या प्रवासी के बीच कोई फ़र्क़ नहीं करती, भले ही उदारवादी नागरिक लाख ये दुहाई देता रह जाए कि प्रवासी तो ख़ुद बेचारा हालात का मारा हुआ है, वह अपनी मर्जी से यहां नहीं आया है। यह उदार भेद तानाशाह के बूटों तले सपाट हो जाता है।

प्रवासियों, आतंकवादियों और ड्रग डीलर्स – जिन्हें ये दैत्य सामाजिक कीटाणुओं की तरह देखते हैं – के प्रति यही घृणा राष्ट्रवाद का एक तेज़ाबी रूप पैदा करती है, एक ऐसा राष्ट्रवाद जो अपने सहोदरों के प्रति प्रेम से नहीं बल्कि बाहरियों के प्रति नफ़रत से ख़ुराक लेता है। यह नफ़रत देशभक्ति का नकाब पहनकर परवान चढ़ती है। राष्ट्रीय झंडों का आकार बढ़ने लगता है, दिन-प्रतिदिन ऊंचे स्वर में राष्ट्रगान की मांग बढ़ने लगती है। देशभक्ति को प्रवासियों, आतंकवादियों और ड्रग डीलर्स के प्रति घृणा में सीमित कर दिया जाता है। इसमें गुस्से और खटास, हिंसा और हताशा की कसैली गंध आती है। मज़दूर और बेराजगार मज़दूरों तथा मध्य वर्ग के एक तबके की आंखें अपनी समस्याओं से कहीं और केंद्रित कर दी जाती हैं। उन्हें कम तनख्वाह और घरों में भुखमरी के हालात, शैक्षिक अवसरों और स्वास्थ्य सुविधाओं के अभाव के बारे फ़िक्र करने की बजाए ऐसी समस्याओं के बारे में सोचने के लिए तैयार कर दिया जाता है जो फ़र्ज़ी हैं, जो नवदैत्यों ने गढ़ी हैं ताकि लोगों की असली समस्याओं से उनका ध्यान हटा सकें। झंडों और राष्ट्रगान के प्रति देशभक्ति एक बात है मगर भुखमरी और नाउम्मीदी को सीने से लगा लेना एक अलग बात है। नव-दैत्यों ने इस दूसरी श्रेणी की देशभक्ति को लेकर उसे आग की लपटों में झोंक दिया है। इंसान अपने इंसान होने के लिए तरस

रहा है। मगर नए क्रूर नव-दैत्यों ने मायूसी और हताशा की घुट्टी पिला-पिला कर लोगों को इस दर्द के अहसास से आज़ाद कर दिया है।

यह छोटी-सी किताब कुछ किस्से-कहानियों का एक संग्रह है।

हमारे दौर के चार बेहतरीन कलाकार और लेखक आज के चार दैत्यों को समझने, उनका मुक़ाबला करने की कोशिश कर रहे हैं। *दि वजाइना मोनोलॉग्स* नाम का मशहूर नाटक लिखने वाली अमेरिकन चिंतक और कलाकार ईव एंसलर ने अमेरिकी राष्ट्रपति डोनाल्ड ट्रंप की ज़िल्द के भीतर जाकर उसे समझने की कोशिश की है। भारतीय दास्तानगो और अदाकार दानिश हुसैन न केवल भारतीय प्रधानमंत्री नरेंद्र मोदी की बल्कि संघ परिवार के चरमपंथी उभार की कहानी भी हमें बताते हैं। तुर्की के मशहूर नॉवेल निगार बुरहान सॉनमेज़ तुर्की अपने लेख में राष्ट्रपति रेसिपे तैयेप एर्दोगान के हैरान कर देने वाले करियर की अलग-अलग झलकियां हमें दिखाते हैं। फ़िलीपींस की नारीवादी नॉवेलिस्ट निनॉच्का रॉस्का वहां के राष्ट्रपति रॉद्रीगो दुतेर्ते की अतिमर्दवादी दुनिया की परतें उघाड़ती हैं। दुनिया में और भी बहुत सारे दैत्य हैं जिनको इन पन्नों में जगह मिल सकती थी। लिहाजा, यह फ़ेहरिस्त मुकम्मल नहीं है सिर्फ़ एक प्रतिनिधि सूची भर है। हम सभी लोगों से आह्वान करते हैं कि वे ख़ुद अपने लेख लिखें। बल्कि लिखें ही नहीं, उन्हें हमें भेजें (vijay@leftword.com)। हमें अच्छा लगेगा। हम उन्हें लेफ़्टवर्ड बुक्स के ब्लॉग http://mayday.leftword.com/blog/. पर जगह देंगे।

फ़िलहाल इन शब्दशिल्पियों के लिखे इन चार शानदार लेखों को पढ़ें। ये लोग अपने लेखों में तटस्थता का स्वांग नहीं करते। उनका अपना एक पक्ष है। ये जादुई लेखक हैं, जो न केवल दैत्यों को देख रहे हैं बल्कि उनके बाद के भविष्य को देखना भी जानते हैं। एक ऐसा भविष्य जो लाज़िमी है, जो आज के दर्दनाक वर्तमान के बाद यकीनन उभरेगा।

ईव एंसलर

ट्रंप

एक अफ़साना

ये दास्तान उन हवादिस की है जो काफ़ी बाद में सामने आए, वक़्ते-आख़िर से ठीक पहले, जिसमें खंडत पड़ जाने के बायस बाद में उसे ही नया वक़्त कहा जाने लगा। उसी ज़माने में शदीद फ़रामोशी और तख़रीबी सपनों की दुनिया में एक वायरस ने सिर उठाया था। सबसे पहले वो एक लफ़्फ़ाज़, नारंगी बालों वाले थुलथुल आदमी की शक्ल में नमूदार हुआ था। कुछ लोग कहते हैं कि इस वायरस ने ही उसके बाल नारंगी कर दिए थे। कुछ ने दावा किया कि दरअस्ल उसके बाल ही वायरस हैं। बहरहाल, किस्सा-कोताह यों कि नारंगी बालों वाला वो लफ़्फ़ाज़, थुलथुल आदमी बढ़ते-बढ़ते एक दिन दुनिया का सबसे ताक़तवर आदमी बन जाता है।

एक दौर में इसको लेकर भी बहुत बहस हुई कि कहीं इंफेक्शन की शिद्दत ही तो उसके उभार की वजह नहीं है। बहरहाल, अब कम से कम इतनी बात तो साफ़ हो गई है कि ये वायरस बहुत तेज़ी से फैलने की ताक़त रखता है। ये भी सामने आया है कि आबादी के एक बड़े तबक़े के जिस्मों में इसका एक रेशा कहीं सोया पड़ा था। जब इस नारंगी आदमी ने अपनी ज़हरीली मुहिम छेड़ी तो ये सोया हुआ वायरस ज़िंदा हो उठा, करवटें लेने लगा। इस वायरस की चपेट में सबसे ज़्यादा वो लोग आए जिनके बचपन की चोटें नासूर बन चुकी थीं, जो अपने भीतर दबी हुई दहशत से जूझ रहे थे, जो अपनी शिकस्त के डर से बेचैन रहते थे। उनकी ये दहशत और बेचैनी ही 'दूसरों' से नफ़रत और गुस्से के लिए एक मुफीद ज़मीन मुहैया कराती थी। ऐसे लोग, जिनमें नस्ली भेदभाव और सेक्सिज़्म के बीज पहले से मौजूद थे, जिनमें एक सरपरस्त की, किसी शहंशाह के क़दमों में लोट जाने की गहरी ख़्वाहिश पल रही थी। जब इस गोल-मटोल जालसाज़ ने नस्ली नफ़रत, लिज़लिज़े अल्फ़ाज़ और खोखले वादों के सहारे अपने मुल्क की बेगुमान अवाम के दिलो-ज़हन में इस वायरस की ख़ुराक डालना शुरू की तो देखते-देखते बहुत सारे लोगों में ये रुझान सिर उठाने लगे।

तसल्ली की बात ये है कि आबादी के सारे तबक़ों के साथ ऐसा नहीं हो पाया। कुछ लोगों में ऐसे रोगों से लड़ने की ताक़त पहले से मौजूद थी। उनमें से ज़्यादातर ऐसे लोग थे जो अलग-अलग हाशियों-कगारों पर जी चुके थे। ये ज़रा अचंभे की बात भी है कि जो तहज़ीब के दायरों से सबसे ज़्यादा बाहर और बेदख़ल लोग हैं, आख़िरकार वही इसका इलाज ढूंढ़ेंगे। इस पर हम थोड़ी देर बाद फिर लौटेंगे।

इस पर भी बहुत बहस हुई कि ये नारंगी बालों वाला आदमी ही इस वायरस की जड़ है या ये भी इस वायरस की एक अलामत याने लक्षण भर है। यों तो कई लोगों ने कहा था कि इससे कोई फ़र्क़ नहीं पड़ता मगर मेरी निगाह में ये काफ़ी अहम बात है।

मसअला ये है कि अगर थुलथुल आदमी ही इस वायरस की असली जड़ था तो इसका मतलब ये निकलेगा कि सिर्फ़ एक बीमार आदमी पूरी क़ौम को बीमार कर रहा है और जब भी उसका सफ़ाया हो जाएगा तो क़ायदे से ये वायरस भी ख़त्म हो जाएगा। मगर हम जानते हैं कि ऐसा नहीं हुआ। तो फिर सवाल उठता है कि ये बातूनी, नारंगी बालों वाला मुटल्ला ही वायरस को फैलाने का सबसे अहम ज़रिया कैसे बना?

और जनाब इस सिलसिले में भी थियरीज़ की कमी नहीं है।

एक क्लासिक थियरी यह है कि ये फ़रेबी आदमी शाहख़र्ची और लोभ के हालिया दौर में उस हद तक जा पहुंचा था जहां तक उससे पहले कोई और नहीं पहुंच पाया था। वो बढ़ते-बढ़ते या गिरते-गिरते – अपने ज़ाविये से आप ख़ुद तय कर लें कि इनमें से कौन सी बात ज़्यादा माकूल है – एक ऐसी शय में तब्दील हो गया था जिसे नफ़्सियात के माहिरों याने मनोवैज्ञानिकों ने बाद में एक नस्लकश ख़ुदपरस्त का नाम दिया। याने, *एक ऐसा शख़्स जो अपनी वक़्ती तस्कीन की ख़ातिर धरती की हर ज़िंदा या मुर्दा शय को ख़त्म करने के लिए भी तैयार हो जाता है।* इस बेइंतिहाई और तबाहकुन ख़ुदपरस्ती ने ही उस बड़बोले आदमी को इस वायरस के लिए अव्वल दर्जे का मेज़बान बना दिया था।

बाद में एक और भी बात पता चली। मालूम हुआ कि ये वायरस सिर्फ़ एक ऐसे माहौल में ही पनप सकता है जहां मेज़बान ने दूसरों को बर्दाश्त करने या बल्कि किसी भी तरह की नुक्ताचीनी, तनकीद, इख़्तलाफ, तजस्सुस, सवालों, शको-शुबहे, इबहाम, सच्चाई, राज़दारी, धीरज रखने, सोचने, पढ़ने, जवाबदेही, हैरानी, फ़िक्रमंदी, एहसास, सुनने या पढ़ने-लिखने जैसी चीजों को बर्दाश्त करने की ताक़त कतई खो दी हो। इस मुकाम पर आकर हंसी-मजाक और तंज़ की शिफ़ायी ताक़त भी ख़त्म हो जाती है और उसकी जगह ख़ुदपरस्ती और इंतकाम की ख़्वाहिश पांव जमाने लगती है।

इस वायरस की कुछ दर्जशुदा पहचान ये हैं : हैजान, ख़ब्त, बेतरतीब सोच, झोंक में कदम उठाना, धौंसबाजी, अपनी ही जमात और जिंस को अव्वल मानने की बेतुकी सोच, कमीनगी और दिखावेबाजी के लिए किसी को दबाना, औरतों को नोचना-भींचना, आदतन झूठ बोलना, बढ़ता डर, अच्छे-बुरे का फ़र्क़ कर पाने में नाकाम हो जाना (मसलन नात्सियों और गोरों के नस्ली गुरूर को आईनी हुक़ूक की लड़ाई बताना!) और इस वायरस को लगातार पोसते जाने के लिए मुसलसल नए-नए दुश्मन ईजाद करते जाना। एक दिन ये दुश्मन मेक्सिकी लोग थे तो अगले दिन सुनहरे बालों वाली सहाफ़ी दुश्मन करार दे दी गई। एक रोज़ किसी शहर के मेयर को तो अगले दिन किसी काली चमड़ी वाले फुटबॉल खिलाड़ी को दुश्मन चुन लिया गया। वायरस को इस बात

से कोई फ़र्क़ नहीं पड़ता कि दुश्मन है कौन। उसके लिए इतना ही काफ़ी है कि कोई दुश्मन हो। अगर दुश्मन रोज़ बदलता व बढ़ता रहे तो और अच्छा। इस वायरस को हर वक़्त एक मुख़ालिफ़ाना ताक़त की तड़प और दरकार रहती है। अब ये बात मुकम्मल तौर पर साबित हो चुकी है कि ये वायरस सबसे पहले तहजीब के डीएनए में पहले से मौजूद कमजोरी को ही ढूंढ़ता है।

मिसाल के तौर पर, अगर कोई तहजीब अपने पुराने और हालिया ज़ुल्मो-सितम, नस्ली सफ़ायों और नफ़रत के तजर्बों से नहीं उबर पाती है तो ये वायरस उसके इन्हीं पुराने नासूरों से चिपककर फैलने लगता है। ये वायरस अनजांचे, सड़ते इखलाकी नासूरों में सबसे ज़्यादा तेज़ी से पनपता है।

इस छूत की जड़ों के बारे में बहुत सारी तहकीकात की जा चुकी हैं। तारीख़नवीसों, समाज का मुतालेआ करने वालों, मार्क्सिस्टों, कारोबारी नेताओं, नस्ली मसाइल के माहिरों, ईको-फ़ेमिनिस्टों, बैक्टिरिया साईंस के माहिरों, फ़लसफ़ियों, रोगों की जांच-पड़ताल करने वालों, और फ़नकारों ने इस बारे में अलग-अलग नज़रिए और अंदाज़े पेश किए हैं। कुछ मजहबी दायरों में, ख़ासतौर से अगले जनम में यकीन रखने वाले मजहबी दायरों में ख़ासे लंबे समय तक ये सोच क़ायम रही कि ये वायरस इंसान के कर्मों का, नारंगी आदमी के कोका-कोलायी मुल्क के हाथों अंजाम दिए गए भयानक कारनामों के एवज़ जमा हो गया मवाद है। उन्होंने कहा कि देसी आबादियों के ख़िलाफ़ किए गए नस्लकश जरायम, सैकड़ों सालों की ग़ुलामी, नफ़रत, नस्लपरस्त सोच, बेइंतहा कत्लो-गारत, ज़िनाकारी, लूटमार, जंग, घुसपैठ, ज़मीनी सुरंगों, नापाम बमों, एटमी बमों, धरती की तबाही और मेहनतकशों से नफ़रत के दम पर हासिल की गई बेहिसाब मआली तरक्की ने नफ़्सी सतह पर एक मजमुई हलचल पैदा कर दी है और चुनांचे आख़िरकार वो झिल्ली फट गई जो इंसानियत के लिए हिफ़ाज़ती रूहानी ओजोन परत का काम किया करती थी। इस फटाव के बायस, सबसे उथले, सोचने-समझने की ताक़त से महरूम, खौफजदा, बुजदिल, गुस्सैल और कड़वाहट भरे लोग इस ज़हरीले वायरस का सबसे आसान निशाना बनते चले गए। इसी सब को देखते हुए कुछ लोगों का यकीन था कि यह गोलमटोल आदमी दरअस्ल आदमी है ही नहीं बल्कि ये कोई नारंगी शैतानी शय है।

बहुत सारे ऐसे भी थे जो शुरू से ही मानते चले आ रहे थे कि सरमायादारी निजाम लाज़िमी तौर पर शदीद और जानलेवा वायरस पैदा करता जाता है। खुद्दारी की कमी का एक ऐसा वायरस जो गलाकाट मुक़ाबले के मुसलसल दबाव और ब्रांडिंग की दिमाग़ी

ग़ुलामी से पैदा होता है। उनका मानना था कि ये मोटा नारंगी आदमी तो लगातार होड़ और ख़ुदकश नफ़रत को ख़ुराक देने का महज़ एक ज़रिया भर है। अपनी तिकड़मों के दम पर उसने लोगों को ये यकीन दिला दिया था कि जदीद दौर में वही इजारादारी का इकलौता महाराजा है, वही अकेला ऐसा फर्द है जिसने बहुत सारे शहरों में अपनी मर्दानगी की नुमाइश के लिए सोने की मीनारें खड़ी कर दी हैं और दुनिया के माथे पर अपना नाम लिख दिया है। ये वो ज़माना था जब उसे एक *बेहिसाब* कामयाबी की मिसाल बताया जाता था। तब ये माना जाता था कि नामुमकिन और बेइंतहा जलन और खौफ के दम पर ही वो चोटी तक पहुंचा है। फिर भी, कोई ये साबित करने की हालत में नहीं था कि वो वाकई एक *आलीशान* कामयाबी है या नहीं (क्योंकि उसके टैक्स का ब्यौरा कभी भी किसी के सामने उजागर नहीं किया गया था)। ताहम, उसके हिमायतियों के लिए यह बात बेमतलब थी। उनके लिए तो ये बात भी बेमानी थी कि उसने कितनी बार दिवालियापन का ऐलान करके सरकार से रियायतें बटोरी थीं। ज़माना हवाई ख़्वाबों में डूबा हुआ था। लोग अचानक लौट आए बाप की कदमबोसी के लाइलाज बुखार में तप रहे थे। हैरतअंगेज बात थी कि ये बुखार इतने लंबे समय तक लोगों पर तारी रहा।

इसके बाद माहिरे माहौलियात, पेड़-पौधों के माहिर, हयातियात के माहिर, माहिरे हश्रियात, माहिरे तनासुल, रेंगने वाले जानवरों के माहिर, मछलियों के जानकार, न्यूरोसाइंटिस्ट और न जाने कौन-कौन आए जो कुल मिलाकर इस बारे में मुत्तफिक थे कि इस वायरस की असल जड़ क्लाइमेट चेंज है। उनकी पुख़्ता राय थी कि इसका छूत की बीमारियों के साथ एक सीधा ताअल्लुक ज़रूर है भले ही ये कनेक्शन फ़ौरन दिखाई ना पड़ता हो। कहने की ज़रूरत नहीं कि हमारी आबोहवा और मौसम में आने वाले बदलावों से वायरसों पर और जिन जानवरों और कीड़ों के जिस्म में ये वायरस फलते-फूलते हैं, उन पर सीधा असर पड़ता है। इसकी वजह से इंसानों के उनकी चपेट में आने के ढंग-ढर्रे भी बदलने लगते हैं। मिसाल के तौर पर, नारंगी आदमी के ज़माने में पूरी दुनिया में बच्चों को चीजें सीखने में मुश्किलें पेश आने लगी थीं; एडीडी, ऑटिज्म, लाइम डिजीज़, डिप्रेशन, तशवीश, लड़कपन में ख़ुदकुशी और यहां तक कि ब्युबॉनिक प्लेग जैसी बीमारियां तक तेज़ी से बढ़ने लगी थीं। ये सारी बातें माहौलियात में उथल-पुथल के साथ सीधे तौर पर जुड़ी हुई थीं। लिहाजा, इस बात पर एक चैतरफ़ा आम राय बन गई थी कि नारंगी आदमी जिस वायरस को लिए घूम रहा है वह असल में किसी न किसी तरह की भयानक आलूदगी से ही पैदा हुआ है – हवा में फैलती आलूदगी, कोरल चट्टानों का ख़त्म होना, समंदरों का गर्म होना वग़ैरह।

मेसाचुसेट्स में आर्कियोलॉजिस्ट का एक पूरा गुट है जिन्होंने ये साबित करने के लिए बहुत संजीदा आंकड़े भी जमा कर लिए हैं कि ये वायरस 'नाइन आयरन टिक' से जुड़ा हुआ है। जो नावाक़िफ़ हों उनकी जानकारी के लिए बता दें कि ये नौ टांगों वाली एक चिचड़ी होती है जो अमूमन गोल्फ कोर्सों के रेत में दबी पायी जाती है। आर्कियोलॉजिस्टों का मानना था कि दूसरों के जिस्म से ख़ुराक लेने की चिचड़ी जैसी अलामतें उस जिस्म में भी फैल जाती हैं जिससे वो चिपकी होती है। इसके बाद वो शख्स उन लोगों के खून पर पलने लगता है जो उसकी छूत के शिकार बनते हैं।

आर्कियोलॉजिस्टों याने नासूरों का इलाज करने वालों की राय बिल्कुल अलहदा पायी गई। उनका मानना था कि ये वायरस फोड़े पैदा करने वाला वायरस है और न जाने कैसे यह टेस्टोस्टेरॉन यानि मर्दानगी के हॉरमोन की मिकदार में गिरावट का नतीजा होता है। तब ये वायरस दिमाग़ में एक गिल्टी या फोड़ा पैदा कर देता है जिसके नतीजे में इंसान एक शदीद पागल में तब्दील हो जाता है। ये अभी भी साफ़ नहीं है कि इंसान इस ट्यूमर के सबब मारपीट पर आमादा हो जाता है या पागल हो जाने के बायस ऐसा करता है या ये दरअस्ल एक ही सिक्के के दो पहलू हैं। दिमाग़ पर लगातार दबाव पैदा करने वाला ये ट्यूमर इंसान के जहन में ये एहसास पैदा कर देता है कि कोई है जो लगातार उस पर नज़र रख रहा है। इसी दहशत के चलते वह प्रेस के लोगों तथा साबिक याने पिछले वाले नेता से नफ़रत करने लगता है, भले ही उसके पास इस बात का रत्ती भर भी सबूत नहीं होता कि उस पर वाकई नज़र रखी जा रही है। इस नारंगी बौड़म पर रह-रह कर ख़ब्त और तशद्दुद के जो दौरे पड़ते वे उस ज़माने की ट्विटर नाम की एक ऐसी शय के मार्फ़त सामने आते थे जो अवाम के बीच अल्फ़ाज़ के छर्रे दागने के लिए बड़ी कारगर मानी जाती थी।

इस बात के भी सबूत पाए गए कि ये वायरस तेज़ी से फैल रहा था और ख़तरनाक शक्ल अख़्तियार करता जा रहा था। जैसे-जैसे वक़्त बीता, ये वायरस ऐसे दूसरे मर्दों में भी दिखाई देने लगा जो अचानक गोलीबारी पर उतर आते थे, मौसीक़ी की महफिलों और शॉपिंग मॉल जैसे अवामी ठिकानों पर खूंरेजी पर उतर आते और सैकड़ों को बिला-वजह मौत के घाट उतार देते थे। जब ऐसे बहुत सारे हादसे हो चुके तब जाकर ये वाज़ेह हुआ कि इसके सबसे ज़्यादा करियर्स पचास साल से ज़्यादा की पकी उम्र वाले लोग थे। दरअसल कुछ तो उनकी ज़ईफ़ी के सबब और कुछ उनके गुरूर की वजह से उनके भीतर इस वायरस से लड़ने के लिए ज़रूरी और लचीली एंटीबॉडीज़ पैदा नहीं हो पाई थीं।

वायरस वाली ये थियरी निस्वानी हुक़ूक की अलंबरदारों की एक जमात को ख़ासी नागवार गुज़री। उन्हें वायरस वाली बात पर ज़्यादा यकीन नहीं था। उनका कहना था कि ये वायरस नाम की बला दरअसल वायरस है ही नहीं। ये तो एक बदअंदेश नस्ली पिदरशाही (यानि पेट्रियार्की) निजाम की आख़िरी निशानियां भर हैं। वे इस बात को लेकर परेशान थीं कि इस बीमारी को वायरस कहा ही क्यों जा रहा है। इस तरह तो नारंगी बालों वाला चिंचियाऊ मुटल्ला और उसके सारे हामी अपनी ज़िम्मेदारी से बच जाएंगे और ऐसा लगेगा गोया सारी तबाही उनकी करतूतों की बदौलत नहीं है बल्कि वे ख़ुद इसके शिकार हो गए हैं। बहरहाल, इनमें से भी कुछ को आख़िरकार ये मानना पड़ा कि अपनी मखसूस अलामतों, लगातार बने रहने, और रह-रह कर उभर आने की वजह से ही नस्ली पितृसत्ता भी एक वायरस जैसी शक्ल अखितयार कर लेती है। ताहम, अभी भी वे यह समझाने की हालत में नहीं हैं कि जब ये थुलथुल उचक्का अपनी शोहरत का हवाला देकर इस बात की शेखी बघारता था कि वो ग़ैर-मुताल्लिका औरतों के जिस्म के ज़ाती हिस्सों को भी नोंच सकता है तो भी गोरी चमड़ी वाली हज़ारों ख़वातीन ने उसी को वोट क्यों दिया!

बहुत सारी औरतों को पूरा यकीन था कि ये नारंगी लोथड़ा असल में इंसान है ही नहीं बल्कि वायरस के लगातार जानलेवा असर की वजह से एक तरह का ऑक्टोपस बन गया है (माफ़ कीजिएगा, इसे ऑक्टोपसों की बिरादरी की तौहीन न समझा जाए; वे इस गलीज से कहीं ज़्यादा अक्लमंद होते हैं)। जी हां, उनका मानना था कि वो बिना रीढ़ वाला एक अठहत्था घोंघा बन गया था जिसका झूलता जिस्म पलक झपकते अपनी शक्ल बदल लेता था और जिसके नोचने में माहिर बहुत सारे पंजे कभी पार्टियों में तो कभी हवाई जहाज़ की सीट पर तो कभी नौकरी के इंटरव्यू के दौरान औरतों की स्कर्ट के भीतर उनके जांघियों को खींचने या उनके ब्लाउज़ में सरकने लगते थे और मौक़ा मिलने पर उनके पिस्तानों (स्तनों) पर गहरे रंग का चिपचिपा लेस छिड़क देता था। इस तरह के चिपचिपे ऑक्टोपस गोया पूरे मुल्क में तेज़ी से पैदा होते जा रहे थे। वे मनोरंजन केंद्रों और खबरिया कंपनियों के आला ओहदों पर बैठ जाते, ख़ुद को सींचते रहते और दिन-दहाड़े सैकड़ों औरतों पर अपनी चिपचिपी गंदगी की पिचकारी छोड़ते, उन्हें अपने पंजों में जकड़ लेते। निचले दर्जे की छूत के शिकार दूसरे मर्द इन कामयाब ऑक्टोपसों की दस्तदराज़ी के कारनामों से चुंधियाए एक दिन इसी तरह के ओहदे और नसीब की ख़्वाहिश लिये सब कुछ चुपचाप देखते रहते थे।

कुछ लोगों को खालिस फंतासी और तफ़रीह की चूल पर टिकी तहज़ीब में ये

ऑक्टोपस ही अव्वल दर्जे के अदाकार दिखाई देते थे। वे इस वायरस में जान डालने के लिए टीवी एग्जीक्यूटिव्ज़ पर इल्ज़ामतराशी करते क्योंकि कॉर्पोरेट लीडर्स का शुरू से ही ये मानना था कि ये कपटी करतबबाज़ उनकी रेटिंग बढ़ा सकता है और कहीं ज़्यादा सुबारू (कार) बिकवा सकता है। अवाम भी आंखों में धूल झोंकने में माहिर इस मोटे अदाकार के करतबों को एकटक देखे जाती थी। उसके सिहरकुन कारनामों को देखते-देखते उनकी आंखें पथराने लगी थीं। चूंकि वे असली और नकली का भेद करने की सलाहियत बहुत पहले ही गंवा चुके थे इसलिए अपनी लापरवाही के भयानक अंदेशों से बेफ़िक्र वे अपनी आंखों के सामने लगातार चल रही नुमाइश पर ही आंखें गड़ाए बैठे रहते थे।

इन बहुत सारे माहिर और जानकार लोगों के अलावा एक छोटा-सा गुट ऐसे लोगों का भी था जो मानते थे कि मुल्क पर एक डरावने मसखरे ने क़ब्ज़ा कर लिया है और ये कि तमाम अवाम कौलरोफ़ोबिया में डूबती जा रही है। कौलरोफ़ोबिया मसखरों को देखकर पैदा होने वाला ऐसा डर है जिसकी चपेट में आने पर लोगों के दिमाग़ को लकवा मार जाता है, वे दहशत में रहते हैं और कुछ करने से लाचार हो जाते हैं। जब उसके इरादे क़ातिलाना होते तो नारंगी बालों वाला ये आदमी मुस्कराता था। वह हर लम्हा नए झूठ बोलता। हर रोज़ नए जरायम को अंजाम देता। मसखरे के लिबास में रहते हुए तैंतीस लोगों को मौत के घाट उतारने वाले जॉन वैन गेसी की तरह वह भी बख़ूबी जानता था कि 'मसख़रे का कोई बाल भी बांका नहीं कर सकता!'

इनके बाद ऐसे लोग भी थे जो लगातार ये मानते जा रहे थे कि ये वायरस आख़िरकार एक दिन ख़ुद-ब-ख़ुद ख़त्म हो जाएगा। उनका मानना था कि ये सिर्फ़ एक वक़्ती भटकाव भर है जिसको बर्दाश्त ही नहीं किया जाएगा। उनकी सलाह ये थी कि लोग इसकी तरफ़ ध्यान ही न दें और इस तरह यह वायरस अपने आप ख़त्म हो जाएगा। ये ऐसे लोग थे जो अपनी खाल के भीतर गिल्टी या पाखाने में खून के थक्के दिखाई देने पर भी बड़ी संजीदगी से ये सोचने लगते हैं कि अगर वे नज़रअंदाज़ कर देंगे तो बीमारी ख़ुद-ब-ख़ुद ख़त्म हो जाएगी। कहना मुश्किल है कि कहीं ये लोग भी तो वायरस की चपेट में नहीं आ चुके थे क्योंकि इस वायरस की छूत का एक बड़ा असर ये होता है कि आपको पता ही नहीं चल पाता कि आपको ये वायरस है या नहीं।

खाते-पीते लोगों पर इस वायरस की छूत का एक बड़ा असर ये होता था कि इसका शिकार होने वाले इसकी मुख़ालिफ़त करने से लाचार हो जाते थे। जब इस वायरस ने मेहनतकश ग़रीब-गुरबा को अपनी चपेट में लेकर उनकी ज़िंदगी तबाह करना शुरू

किया तो रईस तबके वाले इस वायरस से लड़ने के लिए अपनी रोज़मर्रा आसाइशों को छोड़ने की हिम्मत नहीं जुटा पाए। वायरस ने उनके भीतर ये दकियानूसी वहम पैदा कर दिया था कि अगर वे वायरस पर ध्यान नहीं देंगे तो ये उन्हें पकड़ ही नहीं पाएगा। उनको ऐसा लगता था कि अगर वे उसकी तरफ़ आंख से आंख मिलाकर देखेंगे या उसे छू लेंगे तो ये वायरस यक़ीनन उन्हें अपनी चपेट में ले लेगा। ये ग़लतफ़हमी जानलेवा साबित हुई।

बहुत सारे लोग ऐसे भी थे जो इस वायरस को देख सकते थे और उन्हें बढ़-चढ़कर इससे दो-दो हाथ करने चाहिए थे। उन्हें उदारपंथी कहा जाता था। चूंकि इस ख़ेमे में किसी को भी मुक़म्मल सच्चाई बताने का रियाज़ नहीं कराया गया था, चूंकि वो एक ऐसी मुखालिफ़ जमात थे जो सालों पहले मुख़ालिफ़त छोड़ चुकी थी, इसलिए उन्होंने भी वायरस को हवा देने, ख़ुद को उसके मुताबिक़ ढाल लेने और उसे पनाह देने की ही कोशिश की। ना जाने क्यूं, उन्हें इस बात की फ़िक्र ज़्यादा थी कि कहीं वायरस को बुरा न लग जाए और लिहाज़ा वे इस वायरस को हवा देने के भागी साबित हुए। कभी-कभार ये वायरस इस ख़ेमे को भी झकझोर देता था मगर ये लोग तो चीखने-पुकारने से भी लाचार हो चुके थे।

उदारपंथी ख़ेमा दिल ही दिल में ये मानने लगा था कि इस वायरस की मुख़ालिफ़त करने पर अवाम उनका साथ छोड़ देगी। नतीजा, ये लोग अपने ओहदों, ताक़त और आसाइशों के बारे में ज़्यादा फ़िक्रमंद थे। उन्होंने अपने गुस्से, दुख और अपने रद्देअमल को थपकियां देकर सुला दिया और इस तरह वायरस को एक रोज़मर्रा हक़ीक़त का हिस्सा बन जाने दिया। उनके इस रवैये की बदौलत वायरस को दूर-दूर तक, गहराई तक फैलते जाने में बड़ी सहूलत हुई।

इन सबके बाद इस नारंगी आदमी के दरबारी तो थे ही। वायरस उनके जिस्म में भी दाख़िल था और लाज़िमी तौर पर वे इस वायरस के भयानक असरात को समझते थे। दिल ही दिल में तो शायद वे भी इस नारंगी अठहत्थे सुअर से नफ़रत करते थे मगर कैसे अपनी बदअंदेशी के बल पर इन ज़रासीम को अपने फ़ायदे के लिए इस्तेमाल करने की उम्मीद पाले हुए थे। अपने सहोदर शहरियों को बचाने और इस जानलेवा वायरस को रोकने या नारंगी बालों वाले बादशाह को नंगा करने की बजाए वे भी एक मतवाले घोड़े की तरह उसके पागलपन पर सवारी गांठ रहे थे। इधर अवाम को देश निकाला दिया जा रहा था, उन पर पाबंदियां आयद की जा रही थीं, उन पर हमले हो रहे थे, उनको भूखों मारा जा रहा था, इलाज से महरूम किया जा रहा था, फुसलाया जा

रहा था, बच्चे पैदा करने के लिए मजबूर किया जा रहा था, कारों से रौंदा जा रहा था, पुलिस और नस्लपरस्त गोरों की गोलियों का निशाना बनाया जा रहा था। तूफ़ानों से तबाह लोगों के सहारे छीन कर उन्हें लाचार किया जा रहा था, उन्हें ज़हरीला पानी पीने के लिए मजबूर किया जा रहा था। इस गिरोह के लोग ज़्यादा से ज़्यादा पैसे, ड्रिलिंग के पट्टे, निजी जहाजों में सैर-सपाटे, आलीशान टापुओं पर छुट्टी, नुमाइशी पार्कों और ज़्यादा से ज़्यादा टैक्स कटौतियों के लिए जान लड़ा रहे थे। उन्हें वायरस बैंकर के नाम से जाना जाता था।

देखते-देखते ये बीमारी गहरे उतरती चली गई। मुल्क के गोशे-गोशे में फैल गई। फ़सलें मुरझाने लगीं। आग की लपटें उठने लगीं। तूफ़ान आसमान को भी लील लेने पर आमादा थे। जानवर ग़ायब हो रहे थे। नफ़रत का नासूर टपकने लगा था। नफ़रतज़दा वारदातें बढ़ती जा रही थीं।

इस नारंगी बौड़म पर पहरा रखने और बीमारी को काबू करने के लिए जनरलों को भी तैनात किया गया मगर जल्द ही वे भी खेत रहे। देखते-देखते वे भी इस प्लेग और उसके मेज़बान के हिमायती बन बैठे। उन्होंने अपनी ईमानदारी और दिमाग़, दोनों को धता बता दिया। बात ये है कि ख़ुद उनके वक़ूफ़ में भी इस वायरस के कुछ दबे-छिपे पहलू मौजूद थे। जल्द ही वे ख़ुद उस भद्दे जाहिल से भी कहीं ज़्यादा मतवाले और दीवाने मालूम पड़ने लगे, जिसकी वे पहरेदारी करने के लिए आए थे।

माहिरे नफ़्सियात याने मनोवैज्ञानिकों और दिमाग़ के डाक्टरों ने प्रोटोकॉल की परवाह न करते हुए अवाम को आगाह भी किया कि पूरे मुल्क में एक बदअंदेश मामूल फैलता जा रहा है कि ये नारंगी आदमी पागल है और वो अपनी ही एक मसनूई हक़ीक़त में जी रहा है। उन्होंने लोगों को आगाह किया कि वे उन मुसीबतों का मुक़ाबला नहीं कर पाएंगे, जो जल्द ही दुनिया के सबसे ताक़तवर शख़्स को घेर लेंगी।

बहुत सारे बहादुर, दिलेर लोग भी थे जिनके भीतर ये वायरस नहीं था मगर जो इसके नतीजों से जूझ रहे थे। वे सड़कों पर, क़ौमी कांग्रेस की बैठकों में, हवाई अड्डों पर लाखों की तादाद में जमा हो रहे थे ताकि इस वायरस को उनकी ज़िंदगियों पर पूरी तरह हावी हो जाने से रोक सकें। शुरुआत में वे इस वायरस को रोकने में ज़्यादा कामयाब नहीं रहे मगर उनकी मुसलसल कोशिशों ने उन्हें कम से कम ख़ुद को इस वायरस की चपेट में आने से बचाए रखा।

नारंगी अहमक और उसके गिरोह के बीमार लोगों के अनगिनत जरायम और ज़ुल्मों की तफ़्तीश के लिए कमेटियां बिठाई गईं।

प्रेस में तैनात कुछ लोग इस शैतानी मर्ज़ की रिपोर्टिंग में तकरीबन नारंगी पागलपन की ही हद तक मुब्तिला हो चुके थे।

वकीलों ने कचहरियों में सैकड़ों मुक़दमे ठोंक दिए। ज़रासीम के माहिरों ने तरह-तरह के स्प्रे और ज़हर ईजाद किए। दवासाज़ी के माहिरों ने नए-नए एंटीबायोटिक और मिज़ाज बदलने वाली दवाइयां तैयार कीं।

मुल्क के बहुत सारे लोग नाउम्मीद होने लगे, अफ़सुर्दगी में डूबने लगे। उनमें ख़ुदकश अलामतें पैदा होने लगीं, हमलावर तेवर दिखाई देने लगे, वे सबसे अलग-थलग रहने लगे। बहुत सारे कड़वाहट के शिकार हो गए और शराब के नशे में पनाह लेने लगे। जिनके लिए ये मुमकिन था वे शॉपिंग पर निकल गए या दूसरे मुल्कों में बसर करने लगे। पर इस वायरस ने उनका पीछा वहां भी नहीं छोड़ा। ये नई-नई शक्लें अख़्तियार कर चुका था। दुनिया के हर गोशे में, हर इलाके में उसके हिमायती पैदा हो चुके थे।

इस प्लेग और नारंगी सुल्तान को काबू करने के तरीकों और हथकंडों पर बहसें उठने लगीं। जो ज़रा सख़्तमिज़ाज थे उनका यक़ीन था कि दुनिया को इस बीमारी से बचाने का एक ही तरीका है – मुक़म्मल सफ़ाया। दूसरी तरफ़ अमन और अहिंसा के हिमायती भी थे और मज़हबी मुखिया भी थे जो दया और हमदर्दी की, सुलह-सफ़ाई की, समझाने-बुझाने और झाड़-फूंक की वकालत कर रहे थे। उनका मानना था कि अगर इस वायरस की जड़ पकड़ में आ जाए तो उसे उखाड़ा जा सकता है। उन्होंने पहरे दिए, इबादतें कीं और रूहानी ज़हरमार नुस्ख़े तैयार किए।

जादूगरनियों ने नारंगी बाल के रेशों और थूक से अर्क तैयार किए और मुसलसल सिहर डालती रहीं।

यह वायरस फिर भी रुकने का नाम न लेता था। दिन-ब-दिन गहरा उतरता जा रहा था। नारंगी हिमायतियों में इसके ज़हर का असर इतना ज़्यादा था कि अपने ऊपर इसका असर महसूस करने के बावजूद वे इस बात को मानने की ताक़त खो चुके थे कि उनकी नौकरियां, उनके घर-बार, हवा-पानी, उनके इलाज के हुक़ूक़, सब उनके निडर नेता की मेहरबानी से ही तबाह किए जा रहे हैं। नस्लकश ख़ुदपरस्त नारंगी आदमी उन्हें ऐटमी तबाही के लिए तैयार करने लगा था। अचंभे की बात है कि ये रास्ता उन्हें अब तक दी जा रही नशीली दवाइयों से कहीं ज़्यादा राहतज़दा और सस्ता था।

बहरहाल, अपने माज़ी से सबक न सीख पाने की आदत और तबाहकुन ख़्वाहिशों का साया अपनी हद को पहुंचने लगा था। और तभी एक हैरतअंगेज और सकते में डाल देने वाली चीज होने लगी।

औलिया-कलंदर, साधु-संन्यासी, जिंसी आजमाइशों के शौकीन, कलाकार, मुल्कबदर और तमाम तरह के लोग वही सब करने लगे जो वे हमेशा करना चाहते थे क्योंकि दुनिया के अंत की आहट सुनकर अब उनका डर भी मिट चुका था।

वे ख़ास तरह के तेलों, रस्मों और इबादतों के सहारे एक-दूसरे को हंसाने, सहलाने लगे, एक-दूसरे को सेहत बख्शने लगे। वे साथ सोते-जागते और अपने ख्वाबों को साझा करते। वे एक-दूसरे की कहानियां सुनते, उनमें तरमीम करते, उन्हें सुधारते। उन्होंने सितारों को पढ़ना और हवाओं को सुनना सीख लिया। उन्होंने जुनून और शायरी और मक़सद को एक बार फिर पा लिया था। वे दुनिया के लिए मातम मना रहे थे और रोते हुए एक-दूसरे को ढांढस बंधा रहे थे। वे पेड़ों से लिपट जाते और नदियों के कछारों में सिर नवाते। वे नाचते-गाते, एक-दूसरे को सहलाते अपने दिन बिताते। वे ख़ुराक की खोज में निकलते और एक-दूसरे को कौर खिलाते। उन्होंने एक-दूसरे से होड़ करना और मंसूबे बांधना छोड़ दिया था।

उनका हर दिन मेहरबानी के बेमिसाल कारनामों से भरा होता था। एक गर्माहट भरी और लतीफ़ ताक़त उभरने लगी थी। ये ताक़त शहद जैसी मुलायम थी और उसका खिंचाव बेमिसाल था। एक-एक करके लोग इस जत्थे में शामिल होने लगे। जिन्होंने ये मान लिया था कि वे नाचना नहीं जानते, वे भी नए सुर-ताल को सुनकर नागाह थिरकने लगे। जो लोग छूने या छुए जाने से खौफ़ज़दा थे उनके जिस्म भी तेल में नहा गए थे। एक नई दुनिया सिर उठा रही थी। ये एक जादुई तजर्बा था और इतना सादा भी कि एक खेल जैसा लगता था।

नारंगी पागल और ज़्यादा चीखने लगा था। उसे और ज़्यादा दौरे पड़ने लगे थे। मगर अब कोई उसे सुनता न था। पूरा मुल्क एक ताबिंदा मौसीक़ी और गीतों की लहरों में डूबा हुआ था। और चूंकि उसकी इबादत करने वाले भी बदमस्त अय्याशों में तब्दील हो चुके थे इसलिए कोई उसकी इबादत करने या उसके क़सीदे पढ़ने वाला न बचा था। चुनांचे, मुल्क की अवाम ने दहशत और अचंभे के आलम में देखा कि ज़लील बादशाह के जिस्म का भद्दा गोला कुम्हला कर एक पिचकी हुई नारंगी गेंद भर रह गया है।

तो जनाब, इस अफ़साने का सबक और नारंगी बेवकूफ से हमारे लिए सीख यही है कि हम अपनी रूह को पाक-साफ़ रखें। वायरस तो हमेशा घात लगाए बैठे रहेंगे मगर जहां लोगों ने अपने माज़ी की तारीकियों को धो लिया है और ख़ुद को यकजहती, ख्वाबों और मुहब्बत की डोर में बांध लिया है, वहां ऐसे वायरस कभी पनपा नहीं करते।

दानिश हुसैन

मोदी

एक तानाशाह का घमंड

बाबर आगरे में अभी-अभी बने ताजमहल के फाटक पर पहरा दे रहा है। वह एक दिन उड़नखटोले पर सवारी का सपना देखता है जिसे वो *ऐरोप्लेट* कहकर पुकारता है। बाबर के साथ फाटक पर हुमायूं भी तैनात है। ये दोनों राजीव जोसेफ़ के लिखे नाटक *गार्ड्स ऐट दि ताज* (ताज के पहरेदार) के दो किरदार हैं। 2017 की शुरुआत में मैंने इस नाटक का निर्देशन किया था। नाटक के दौरान एक ख़ास मुकाम पर पहुंच कर बाबर और हुमायूं को इस बात का अहसास होता है कि उन्हें जो काम सौंपा गया है, वह बहुत बड़ा है। मामूली पहरेदारों की हैसियत से उन्हें उस शाही हुक्म की तामील करनी है जिसके मुताबिक़ ताजमहल पूरा हो जाने के बाद उसको बनाने वाले सारे लोगों – जिनकी तादाद 20,000 के आसपास है – के हाथ काट दिए जाएं। ख़ैर, बाबर और हुमायूं इस काम को पूरा कर देते हैं।

बाबर सपने में देखता है कि उसके पसंदीदा ऐरोप्लेट्स हिंदुस्तान के दुश्मनों के हाथों में ध्वंस का हथियार बन गए हैं। वह कल्पना करता है कि शत्रु उसके देश पर आक्रमण करने के लिए उनका इस्तेमाल कर रहा है। जब ये एरोप्लेट्स हिंदुस्तान के ऊपर से उड़ते हैं तो वे दमकते ताजमहल की मदद से हिंदुस्तान को पहचान लेते हैं। इस बात को ध्यान में रखते हुए वे इस सुंदर मकबरे को नष्ट करने का फ़ैसला ले लेते हैं। दुश्मन के मंसूबों को भांपकर बादशाह अपनी सेना को हुक्म देता है कि पूरे ताजमहल को काले कपड़े से ढंक दिया जाए। इस हुक्म का पालन करने के लिए मज़दूर – जिनमें बाबर भी शामिल है – कपड़े की तरफ़ दौड़ते हैं मगर कपड़े के पास पहुंचने पर उन्हें पता चलता है कि उनमें से ज़्यादातर इस कपड़े को उठा ही नहीं सकते। उनके हाथ कट चुके हैं। वे चुप खड़े रह जाते हैं, ताजमहल को अपनी ही आंखों के सामने ध्वस्त होते देखते रह जाते हैं।

2014 के आम चुनावों में भारत के लोगों को भी ऐसे ही ताजमहल की तरह 'विकास' की कहानी सुनाई गई थी। उसी की मेहरबानी से आज हिंदुत्व एक ऐसी तलवार बन गई है जो देश के लोगों के हाथ काटती जा रही है। अब हम सारे लोग नियति के उसी खेल को ख़ुद जी रहे हैं जो बाबर ने अपने सपने में देखा था। यह नियति का ऐसा पलटाव है जिसका इतिहास बहुत भयानक है। इतिहास को एक आइने की ज़रूरत होती है। इस आइने में हमारे देश के नागरिक ख़ुद देख सकते हैं कि आज हम जिस मुकाम पर पहुंचे हैं, उसके लिए वे ख़ुद भी एक हद तक ज़िम्मेदार हैं। जी हां, मिलीभगत हमारी भी रही है। हमने कभी अपने नुमाइंदों से जवाबदेही नहीं मांगी। हम चुपचाप देखते रहे। पिछले सत्तर सालों के दौरान हमारी आंखों पर पट्टी बांध कर

हमें जो सपने दिखाए गए, हम उन्हीं को खुशी-खुशी जीते रहे। अब हमारे पास कपड़े को संभालने के लिए हाथ नहीं हैं। हम अपने ही ताजमहल की तबाही के मूकदर्शक हैं।

जुमला

मेरी कहानी और अदाकारी की दुनिया में मेरा करियर सत्ता की पायदानों पर नरेंद्र मोदी की उठान के समानांतर चलता है। बल्कि मोदी मुझ से थोड़ा आगे थे। अभी मैंने स्टेज पर अपने किरदारों को तहस-नहस करना शुरू भी नहीं किया था जबकि मोदी की नाक तले एक कत्लेआम हो चुका था। 2002 में हम दोनों मुकम्मल तौर पर अपने-अपने मौजूदा अवतार में आ चुके थे। मैंने ऐक्टर बनने के लिए बैंक की नौकरी छोड़ दी थी और गुजरात में मुसलमानों के ख़िलाफ़ सरकार की शह पर चले भयानक कत्लेआम के लिए आंशिक रूप से ज़िम्मेदार मोदी ने गुजरात विधानसभा का चुनाव जीता था। उन्हें सरकार चलाने का नया मौक़ा मिला था। मोदी ने इस जीत को जनता द्वारा उनके कारनामों और करतूतों – के लिए एक सहमति के तौर पर दुनिया के सामने पेश किया।

मोदी पहले सियासतदाँ नहीं हैं जिन्होंने अपनी चुनावी जीत को सारे पापों से मुक्ति, अपने अतीत पर एक जनमत संग्रह की तरह पेश किया है। भले ही उनकी यह चुनावी कामयाबी पूरे विमर्श को तोड़-मरोड़ कर ही क्यों न हासिल हुई हो, उनकी करतूतों पर परदा डालने के लिए काफ़ी थी। मोदी का जन्म 1950 में हुआ। सन इकहत्तर में जब इंदिरा गांधी को जबर्दस्त चुनावी कामयाबी मिली और वह सत्ता में लौटीं उस वक़्त मोदी नौजवानी के शुरुआती दौर में थे। उस वक़्त इंदिरा गांधी की इस भारी चुनावी सफलता को उनकी जनविरोधी नीतियों और 1969 में कांग्रेस पार्टी से उनके निष्काषन के औचित्य के रूप में देखा गया था। इंदिरा गांधी के इस विजय उन्माद के फलस्वरूप हमें 1975 से 1977 के बीच तकरीबन दो साल तक राष्ट्रीय आपातकाल का दंश झेलना पड़ा। जब अमृतसर स्थित स्वर्ण मंदिर में सेना द्वारा किए गए ऑपरेशन ब्ल्यू स्टार के बाद इंदिरा गांधी की हत्या तथा उत्तर भारत में 3,000 सिखों के कत्लेआम के बाद कांग्रेस पार्टी को आम चुनावों में निर्णायक कामयाबी मिली तो यह किसी त्रासदी के ख़तरनाक दुरुपयोग का एक नया उदाहरण था। कमोबेश इसी तरह के विकृत तर्क के सहारे मोदी ने भी 2002 में गुजरात विधानसभा चुनावों में मिली चुनावी कामयाबी को उस जनसंहार के लिए एक सार्वजनिक सहमति के रूप में देखा जो उन्हीं की नाक के नीचे हुआ था। मोदी इस बात को समझ चुके थे कि सत्ता सिर्फ़ एक सर्वसमावेशी

नैरेटिव के ज़रिए ही हासिल की जा सकती है और इस तरह के नैरेटिव बहुधा किसी ऐसे तबके – 'अन्य' – के खून में डूबे होते हैं जिसको कभी भी बलि का बकरा बनाया जा सकता है। उन्होंने यह सबक फ़ासीवादी राष्ट्रीय स्वयंसेवक संघ (आसरएसएस) के कैडर और भारतीय राजनीति के एक गंभीर प्रेक्षक के रूप में अच्छी तरह सीख लिया था।

आज मैं और मोदी, दोनों ही अपने-अपने करियर के मध्यबिंदु पर हैं। मैं एक कलाकार के तौर पर और वो एक ऐसे शख्स के तौर पर जोकि एक मिथक बनने को बेताब है। हम दोनों कुछ ऐसा कर गुज़रना चाहते हैं कि आने वाली नस्लें हमें याद करें। मगर मेरे विपरीत वह अपनी मंज़िल पर लगभग पहुंच चुके हैं।

2014 के संसदीय चुनाव में एक राजनीतिक दल को पूर्ण बहुमत मिला। 1984 के बाद यह पहला मौक़ा था जब कोई पार्टी अकेले बहुमत हासिल कर पाई हो। अपने शानदार जनसंपर्क (पीआर) अभियान और बराक ओबामा की तर्ज़ पर चलाए गए एक सफल सोशल मीडिया अभियान के दम पर मोदी ने लोगों को ये यकीन दिला दिया था कि विकास और सुशासन के सबसे बड़े हिमायती वही हैं। उन्होंने कारोबारी जगत के लोगों को भी यह विश्वास दिलाया कि वह उनके विश्वासपात्र हैं। व्यवसाय जगत का दिल जीतना कोई आसान काम नहीं था। अब यही जमात उनके सबसे निकट है। उनके मिथक का तिलिस्म ऐसा था कि वह लोगों को इस बात का यक़ीन दिलाने में भी कामयाब रहे कि वह 'विकास' के सच्चे हिमायती हैं – एक ऐसा शब्द जो अभी भी ग़रीबी और अपमानजनक जीवन जी रहे लोगों के लिए बहुत गहरा अर्थ रखता है। मोदी को नज़दीक से जानने-पढ़ने वाला हर शख्स गुजरात के मुख्यमंत्री के तौर पर उनकी 'कामयाबी' को लेकर सशंकित था। मगर, ऐसा लगता है कि मतदाता तत्कालीन कांग्रेस सरकार के भ्रष्टाचार से इस क़दर आजिज़ आ चुके थे कि मोदी व उनकी टीम के प्रति भी उदार रवैया रखने लगे थे।

ख़ैर, अपने पांच-साला कार्यकाल के मध्य तक आते-आते मोदी का जादू अब टूटता दिखाई देने लगा है। उनके ज़्यादातर चुनावी वायदे सिर्फ़ *जुमला* साबित हुए हैं। नोटबंदी से लेकर गुड्स ऐंड सर्विसेज़ टैक्स (जीएसटी) तक उनके बहुत सारे फ़ैसले सिर्फ़ हवाई करतब साबित हुए हैं। रोज़गार वृद्धि दर सात साल पहले के स्तर पर पहुंच गई है। अर्थव्यवस्था लगातार रसातल की तरफ़ जा रही है। अब अर्थशास्त्री अनुमान लगाने लगे हैं कि सरकारी ख़र्चे में जबर्दस्त इज़ाफ़े से भी बात बनने वाली नहीं है। सामाजिक फूट और टकराव बहुत तीखे हो गए हैं। पर्यावरणीय महातबाही के संकेत साफ़ दिखने लगे है – हवा में सांस लेना मुश्किल हो गया है और मिट्टी दिन-ब-दिन

निर्जीव होती जा रही है। किसानी का संकट बढ़ता जा रहा है और खाद्य असुरक्षा का आलम यह है कि मुल्क के इस कोने से उस कोने तक लोग भुखमरी के शिकार हो रहे हैं। नागरिक स्वतंत्रता और अभिव्यक्ति की आज़ादी पर पहरे और कटौतियां लगाई जा रही हैं। एक व्यापक बेचैनी का आलम दिखाई पड़ता है।

अब मोदी अपनी परिकथाओं को और नहीं भुना सकते। न ही वह हमारी आंखों में आंकड़ों की धूल झोंक सकते हैं। न ही उनकी मंच कला और प्रबंधकीय कौशल उनको बचा सकते हैं। अब मोदी अपनी अमर विरासत की तलाश में और ज़्यादा बेताब हैं।

फ़रीदुद्दीन अत्तार की रचना *सिमुर्ग़* तीस ऐसी चिड़ियों की कहानी है जो एक राजा की तलाश में निकली हैं। वे राजा नहीं ढूंढ पातीं। निराश, वे एक झील के किनारे उतर जाती हैं। वे झील के पानी में झांकती हैं जहां उन्हें अपनी परछाईं दिखाई देती है। तीस चिड़िया, *सी मुर्ग़*। वे वही हैं जिसकी उन्हें तलाश थी। मोदी एक राजा की तरह अकड़ कर चलते हैं। मगर लोगों को मोदी में अपनी परछाईं दिखाई नहीं देती। एक लम्हे को दिखती भी है तो ये उनका भ्रम साबित होता है। आख़िरकार वे ख़ुद को पा लेंगे। मोदी, जिसे उन्होंने *सिमुर्ग़* समझा था वह सिर्फ़ एक बहरूपिया है। उसकी विरासत सिर्फ़ उसके *जुमले* हैं।

जड़ें

जब मोदी पहली बार मंच पर दिखाई दिए तो मैंने उन पर ग़ौर भी नहीं किया था। नब्बे के दशक तक आते-आते भारत एक ग्रेट ट्रैजेडी की शक्ल ले चुका था। जीर्ण-शीर्ण वैभव के रंगमंच पर *हेमलेट* को खेला जा रहा था। मोदी हेमलेट के रोज़ेनक्रांट्ज़ या गिल्डेनस्टर्न जैसे दिखाई पड़ते थे, जिन्हें इस उम्मीद से लाया जा रहा था कि वह देश को तार-तार करती जा रही ग़रीबी और धार्मिक हिंसा के पागलपन से मुल्क का ध्यान बंटा सकें। लोग स्टारडम या ट्रेजेडी पर तब तक ग़ौर नहीं कर पाते जब तक वह उनके वजूद पर हावी नहीं हो जाती।

एक ज़माने में मोदी गुजरात में भी एक मामूली व्यक्ति हुआ करते थे। उनकी पार्टी – भारतीय जनता पार्टी (भाजपा) – का ध्यान मोदी पर तब गया जब मोदी ने लाल कृष्ण आडवाणी की रथयात्रा का गुजरात में सफलतापूर्वक संचालन किया। यह 1990 की बात है। नफ़रत में पगी और खून में डूबी यह रथयात्रा भारत के एक समुदाय विशेष को तेज़ाबी सोच के इर्द-गिर्द गोलबंद कर रही थी : हिंदू श्रेष्ठता की दावेदारी, मुसलमानों के प्रति नफ़रत, लैंगिक और जातिगत ऊंच-नीच की बहाली। ग़ौरतलब

है कि आज़ादी के आंदोलन में इस सोच को स्पष्ट रूप से नकार दिया गया था। मोदी अपनी बॉलीवुड-नुमा ट्रैजेडी के गुजराती संस्करण के निर्माता साबित हुए।

नब्बे के दशक में भाजपा के भीतर मोदी के उभार में इस बात से बहुत मदद मिली कि आरएसएस के दायरों में उनको बड़ी सम्मान की नज़र से देखा जाता था। उन्होंने आरएसएस और उसके तरीकों का ख़ूब फ़ायदा उठाया और वे भाजपा की क़तार में तेज़ी से आगे आते गए। इस तरह, 1988 तक वह पार्टी संगठन के प्रभारी महासचिव बन चुके थे। मोदी आरएसएस की विचारधारा की एक मिसाल थे जिसमें आत्ममुग्धता का अंश भी छिपा हुआ था। यह साधारण बात नहीं है कि मनोवैज्ञानिक और समाजशास्त्री आशीष नंदी ने मोदी का इंटरव्यू लेने के बाद उन्हें 'फ़ासिस्ट' की संज्ञा दी थी जबकि उस वक़्त तक मोदी की कोई हैसियत भी नहीं थी। नंदी ने स्पष्ट किया था कि वह मोदी की निंदा करने के लिए उनको फ़ासीवादी नहीं कह रहे हैं बल्कि वह एक फ़ासीवादी विचारधारा में आकंठ डूबे निरंकुशवादी मस्तिष्क के लक्षणों का ब्यौरा देने के लिए इस शब्द का प्रयोग कर रहे हैं।

मोदी के बारे में आप किसी बात पर सहज विश्वास नहीं कर सकते। यह यथार्थ से कहीं ज़्यादा फंतासी और पैसे से रचा गया मिथक है। यह कितना सटीक संयोग है कि *दि स्पिन डॉक्टर* (झूठ के कीमियागर) किताब के लेखक लेंस प्राइस ने भी मोदी की एक जीवनी लिखी है। प्राइस का कहना है कि 2014 के चुनावों से पहले उन्होंने मोदी की बारे में सुना भी नहीं था। उसी दौरान किसी अज्ञात व्यक्ति ने उन्हें *दि मोदी इफ़ेक्ट* लिखने के लिए एक रकम दी थी। प्राइस इस रकम का खुलासा नहीं करते। यह एक ऐसी किताब है जिसने मोदी मिथक को सींचने में अहम भूमिका अदा की है। मोदी के स्पिन डॉक्टर्स यानि झूठ के सौदागरों के लिए ये बहुत अहम बात थी कि उनकी 'भाड़े की कलम' भी ब्रिटेन से ही मंगाई जाए। अंग्रेज़ों की नज़र में वैधता हासिल करने की उनकी गहरी चाह भी उनकी विरासत का एक हिस्सा है। यह रवैया उनके अतिराष्ट्रवाद को भी और अस्त-व्यस्त कर देता है जिसकी जड़ें हमारी आज़ादी के आंदोलन में नहीं हैं बल्कि साम्राज्यवाद के साथ मिलीभगत और साझेदारी से ख़ुराक लेती रही हैं।

सावरकर

विनायक दामोदर सावरकर (1983-1966) आरएसएस और भाजपा की हिंदुत्व की विचारधारा के मूल शिल्पी थे। उनका हिंदुत्व न तो उपनिवेशवाद विरोधी राष्ट्रवाद के साथ मेल खाता था और न ही उसे ब्रिटिश साम्राज्यी शासन से कोई परेशानी थी। यों

तो सावरकर ने भी अपना करियर उपनिवेशवाद विरोधी कार्रवाइयों के साथ ही शुरू किया था मगर आख़िरकार वह राष्ट्रविरोधी राजनीति में जाकर परिणत हुआ। उन्होंने आरएसएस और भाजपा के लिए तथा मोदी के अजीबोग़रीब अतिराष्ट्रवाद के लिए अमेरिका और बहुराष्ट्रीय कंपनियों की निगरानी में ज़मीन तैयार कर दी थी। उनकी दुनिया में यह विरोधाभास कोई अस्वाभाविक बात नहीं है। वास्तव में यही उनकी विचारधारा का सार है।

युवा सावरकर 1906 में क़ानून की पढ़ाई करने इंग्लैंड गए थे। लंदन में उन्होंने कुछ दूसरे भारतीय विद्यार्थियों के साथ मिलकर फ्री इंडिया सोसायटी का गठन किया था। तीन साल बाद सावरकर को नासिक के कलेक्टर ए.एम.टी. जैक्सन की हत्या में सहयोग करने के आरोप में गिरफ़्तार कर लिया गया। कहा जाता है कि जिस पिस्तौल से जैक्सन की हत्या की गई उसका बंदोबस्त सावरकर ने ही किया था। सावरकर को 50 साल के कारावास की सज़ा सुनाई गई और उन्हें अंडमान द्वीप समूह में स्थित कुख्यात सेल्युलर जेल भेज दिया गया था। मगर कमाल देखिए कि कारावास के पहले ही महीने में सावरकर ने दया की भीख मांगते हुए अंग्रेज़ों को एक माफ़ीनामा लिख भेजा! ये 1911 की बात है। उनका माफ़ीनामा ख़ारिज कर दिया गया। मगर वह बार-बार माफ़ीनामे भेजते रहे। ये सारी चिट्ठियां ब्रिटिश अभिलेखागारों में आज भी मौजूद हैं। हर नए ख़त में वह अंग्रेज़ों के सामने और ज़्यादा घुटने टेकते थे, ब्रिटिश राज के प्रति अपनी अनम्य निष्ठा का आश्वासन देते थे। अपने अंतिम माफ़ीनामों में से एक में तो उन्होंने ये तक लिखा था :

> अगर सरकार मुझसे इस बात को लेकर और ज़्यादा आश्वासन चाहती है तो मैं और मेरा भाई स्पष्ट रूप से यह शपथ लेने को तैयार हैं कि सरकार जो भी अवधि तय करेगी तब तक हम राजनीति में हिस्सा ही नहीं लेंगे . . .। यह या कोई भी ऐसा संकल्प, मसलन, किसी ख़ास प्रांत में रहने या रिहाई के बाद निश्चित समय तक अपनी आवाजाही के बारे में पुलिस को सूचित करते रहने की शर्त या कोई भी ऐसी तार्किक शर्त जिससे सरकार की सुरक्षा सुनिश्चित हो सके, उसे मैं और मेरा भाई सहर्ष स्वीकार करेंगे।

ख़ैर, ख़ूब ख़ुशामद-दरामद और दंडवत करने के बाद आख़िरकार सावरकर को 1921 में भारत की मुख्यभूमि पर स्थित एक अन्य जेल में भेज दिया गया और 1924

में उन्हें रिहा कर दिया गया। करावास में रहते हुए सावरकर ने *एसेंशियल्स ऑफ़ हिंदुत्व* (1923) लिखी और जेल से निकलने बाद उन्होंने अपना घोषणापत्र – *हिंदुत्व : हू इज़ अ हिंदू?* (1928) – लिखा। यह दूसरी किताब आरएसएस, भाजपा और मोदी की विचारधारा का आधार है। इसमें सावरकर ने भूक्षेत्रीय राष्ट्रवाद के सिद्धांत का प्रतिपादन किया। इसके मुताबिक़, जब तक किसी समुदाय के मत, उसका धर्म और उसके मिथक उसके भूक्षेत्रीय राष्ट्रवाद से मेल नहीं खाएंगे तब तक राष्ट्रवाद के प्रति उसकी निष्ठा संदिग्ध ही रहेगी। इसी आधार पर उन्होंने ऐलानिया स्वर में कहा कि मुसलमानों और ईसाइयों की निष्ठाएं किसी और भूक्षेत्र से जुड़ी हैं, लिहाज़ा उन पर विश्वास नहीं किया जा सकता। वह लिखते हैं कि मुसलमानों की निष्ठा 'अनिवार्य रूप से उनके जन्म के स्थान और उनके पैगंबर की भूमि के बीच बंटी रहेगी . . . । जाहिर है कि मोहम्डन लोग अपनी पुण्यभूमि के हितों को अपनी मातृभूमि के हितों से ऊपर रखेंगे'। हमारे देश में 'राष्ट्रवाद' को एक सामाजिक संवेदनशीलता के भाव से ज़्यादा प्रयोग किया जाता रहा है और लिहाज़ा उसको एक धर्म में, हिंदुत्व की भावना में संकुचित कर दिया गया। सावरकर की राय में अंग्रेज़ी शासन से लड़ना और भारत को साम्राज्यवाद से मुक्त कराना राष्ट्रवाद नहीं है। उस तरह के राष्ट्रवाद में तो वे सब शामिल थे जो ब्रिटिश राज के ख़िलाफ़ लड़ रहे थे – चाहे दलित हों या आदिवासी, पारसी या बोहरा, गोरखा या नागा, कश्मीरी, गंगा के मैदानों के मुसलमान या दक्षिणी पठारों में रहने वाहे हिंदू हों। सावरकर को उपनिवेशवाद विरोधी राष्ट्रवाद का यह संस्करण बेतुका लगता था। असल में यही तो वह राष्ट्रवाद था जिसने उन्हें अंडमान के एक टापू पर जेल की अंधेरी कोठरियों में ठेल दिया था। चुनांचे, उनका राष्ट्रवाद ब्रिटिश शासन के ख़िलाफ़ नहीं था। उनका राष्ट्रवाद सहोदर हिंदुस्तानियों के ही ख़िलाफ़ था। यही कारण है कि अंग्रेज़ों ने उन्हें अपने विचारों को खुलकर फैलाने की भरपूर छूट दी – *सभा* करो, धार्मिक सम्मेलन बुलाओ, समाज में फूट डालो ताकि अंग्रेज़ों को राज करने में आसानी हो।

हिंदुत्व के अपने सिद्धांत को तराशने के काफ़ी पहले ही सावरकर अपने इस धर्मांध रवैये की झलक दिखा चुके थे। 12 साल की उम्र में ही वह एक भीड़ को इकट्ठा करके एक मस्जिद को हमला करने पहुंच गए थे।

मोदी को सावरकर से जोड़ने वाली लकीर बहुत साफ़ दिखाई देती है। जेल से रिहा होने पर सावरकर एक असंतुष्ट भूतपूर्व कांग्रेसी – के.बी. हेडगेवार से भी मिले। हेडगेवार को सावरकर में अपना एक वैचारिक आधार मिल गया था। इस मुलाक़ात के महज़ एक महीने बाद 1925 में हेडगेवार ने आरएसएस की स्थापना की। मुसलमानों

के ख़िलाफ़ हिंसा के लंबे इतिहास का वाहक, यही संगठन मोदी का घर है।

लोगों को अपनी ओर खींचने के लिए नफ़रत का पाठ पढ़ाना ही काफ़ी नहीं होता – जोकि आरएसएस करता है। सावरकर जानते थे कि नेकनीयत वाले लोगों को झांसा दिए बिना उन्हें अपने आंदोलन का अनुयायी नहीं बनाया जा सकता। यहां तक कि इसके लिए उन्होंने अपनी आत्मकथा, *लाइफ़ ऑफ़ बैरिस्टर सावरकर* (1926), भी 'चित्रगुप्त' के फ़र्ज़ी नाम से लिखी थी! इस किताब में सावरकर का मुक्तकंठ से महिमा गान किया गया था। सावरकर ख़ुद ही अपना स्तुतिगान कर रहे थे। इस किताब को पढ़ना भी आसान नहीं है क्योंकि यह अपने नायक को एक चौंधियाती रोशनी में दिखाती है जोकि ख़ुद इसका लेखक है। वह लिखते हैं कि सावरकर 'के पास चारित्रिक विशिष्टताओं का कोई अभाव नहीं था। एक विलक्षण तीक्ष्ण बुद्धि, अदम्य साहस, विराट लक्ष्यों को प्राप्त करने की अपनी क्षमता में अजेय विश्वास। ऐसे में कौन उनके साहस और तीक्ष्ण बुद्धि का कायल नहीं हो जाएगा?' (सावरकर की किताब के अधिकृत प्रकाशक रवींद्र रामदास ने 1987 के संस्करण में उजागर किया था कि चित्रगुप्त और कोई नहीं बल्कि स्वयं सावरकर ही थे)।

साहस? जब गांधी की हत्या के मुक़दमे में उनका अपराध सिद्ध नहीं हो पाया तो सावरकर ने एक बार फिर सरकार से गुहार लगाई कि उन्हें निर्दोष बरी कर दिया जाए। माफ़ीनामा लिखने में माहिर सावरकर ने लिखा था, 'अगर मुझे इसी शर्त पर रिहा किया जाता है तो मैं सरकार द्वारा निर्धारित ऐसी किसी भी अवधि तक किसी सांप्रदायिक या राजनीतिक गतिविधि में हिस्सा नहीं लूंगा'। हिंदुत्व का रचयिता और आरएसएस का यह शिल्पी इसी तरह के घुटनाटेकू 'साहस' के दम पर इतिहास के गलियारों में घिसटता रहा।

आरएसएस

राष्ट्रीय स्वयंसेवक संघ (आरएसएस) मोदी का घर है। सावरकर उनके वैचारिक पितामह हैं। मगर उनसे भी कहीं निकट कुछ और पिता आते हैं – आरएसएस के नेता हेडगेवार और एम.एस. गोलवलकर। मोदी की खाल के भीतर इन्हीं लोगों की गंध और कल्पना सांस ले रही है।

हेडगेवार (1889-1940) नागपुर के एक युवा डॉक्टर थे। उनके शुरुआती सालों

के बारे में लोगों को कुछ ज़्यादा ज्ञात नहीं है। 1920-21 में वह कांग्रेस के वलेंटियर हुआ करते थे। इस दौरान उन्हें *ख़िलाफ़त* आंदोलन के पक्ष में एक तीखा भाषण देने के आरोप में गिरफ़्तार भी कर लिया गया था। मगर इस प्रकार का व्यापक राष्ट्रवाद ज़्यादा दिन तक उन्हें आकर्षित नहीं कर सका। जल्दी ही वह कांग्रेस के एक उग्र नेता डॉ. बी.एस. मुंजे (1872-1948) के संपर्क में आ गए। मुंजे ही यूरोपीय फ़ासीवाद और आरएसएस के बीच एक कड़ी के रूप में सामने आते हैं। 1931 में लंदन में बुलाए गए गोलमेज़ सम्मेलन से भारत लौटते हुए मुंजे कुछ समय इटली में भी रुके थे। 15 मार्च से 24 मार्च तक रोम में अपने प्रवास के दौरान मुंजे ने फ़ासिस्ट एकेडेमी ऑफ़ फिजिकल एजुकेशन और (फ़ासीवादी युवा संगठन) का भी दौरा किया था। यहां के अनुशासन और उत्साह को देखकर वह अभिभूत हो उठे थे। तत्पश्चात लिखे गए अपनी डायरी के दो-ढाई पन्नों में मुंजे ने इटली के युवाओं में फ़ासीवादी व्यवस्था के बीजारोपण में बलीला की भूमिका के बारे में लिखा है। मुंजे द्वारा विकसित किए गए आरएसएस के ड्रिल्स की जड़ें बलीला की साप्ताहिक बैठकों, अर्द्धसैनिक प्रशिक्षणों और परेड कार्यक्रमों में ही ढूंढी जानी चाहिए। मुंजे ने यूरोपीय फ़ासीवाद के ये सारे तत्व हेडगेवार और उनके वंशज एम.एस. गोलवलकर (1906-1973) के माध्यम से आरएसएस में आरोपित कर दिए थे। इसके बाद गोलवलकर ही यूरोपीय फ़ासीवाद और आरएसएस की विचारधारा के बीच सबसे प्रत्यक्ष कड़ी दिखाई देते हैं। अपनी किताब – *वी ऑर आवर नेशनहुड डिफ़ाईंड* (1939) में गोलवलकर ने लिखा था :

अब हम राष्ट्र की धारणा के अगले तत्व – 'नस्ल' पर आते हैं जिसके साथ संस्कृति और भाषा अविभाज्य रूप से जुड़ी होती है, जहां धर्म ही वह सर्वसमावेशी शक्ति नहीं है जो उसे होना चाहिए। आज जर्मन नस्ली गौरव हरेक की ज़बान पर है। नस्ल और उसकी संस्कृति की शुद्धता को अक्षुण्ण रखने के लिए जर्मनी द्वारा ख़ुद को स्यामी नस्लों – यहूदियों – से मुक्त कराने के लिए उठाए गए कदमों ने दुनिया को अचंभित कर दिया है। यहां नस्ली गौरव अपने शिखर पर दिखाई दे रहा है। जर्मनी ने यह भी दिखा दिया है कि बुनियादी स्तर तक भिन्न नस्लों और संस्कृतियों को एक समग्र इकाई में समाहित करना किस क़दर असंभव है। हिंदुस्तान के हम लोगों के लिए यह अनुकरणीय और लाभदायक पाठ है।

जब उन्होंने ये किताब लिखी तब तक फ़ाइनल सॉल्यूशन – यानि हालोकॉस्ट – की पूरी मरघट लीला नहीं खेली गई था। इसी किताब का दूसरा संस्करण 1944 में और

तीसरा 1945 में लिखा गया – उस समय जबकि नात्सी प्रोजेक्ट की तबाही का मंज़र पूरी दुनिया पर ज़ाहिर हो चुका था। गोलवलकर ने इन संस्करणों से भी यह पैराग्राफ नहीं हटाया जिससे पता चलता है कि वह हिटलर के कितने बड़े भक्त थे।

सोचने की बात है कि इन महानुभावों को फ़ासीवाद की कौन सी बातें इतनी मोहती हैं? सामाजिक समरूपता और एकरूपता के प्रति फ़ासीवादी दुराग्रह आरएसएस की विचारधारा में शुरू से आख़िर तक सुनाई पड़ता है। भारतीय उपमहाद्वीप की सामाजिक समावेशन की सामान्य परंपरा के विपरीत आरएसएस के लिए पहचान का विशुद्ध एकांगी संस्करण – हिंदुत्व – ही स्वीकार्य है। आरएसएस के लिए हिंदू धर्म का कोई भी ऐसा संस्करण निषिद्ध है जो हिंदुत्व के प्रति उसके एकबद्ध आग्रह को चुनौती देता हो।

आरएसएस की विचारधारा शायद मुख्यधारा का हिस्सा न बन पाती, अगर भारत की पूंजीवादी पार्टियों – अपेक्षया सेक्युलर पार्टियों – ने अपने राजनीतिक हितों के लिए धार्मिक भावनाओं से खिलवाड़ न किया होता। उदाहरण के लिए, कांग्रेस पार्टी ने बंबई की ट्रेड यूनियनों में कम्युनिस्टों के प्रभाव को कम करने के लिए धार्मिक ख़ेमेबंदी का ख़ूब इस्तेमाल किया मगर इसका असली फ़ायदा अंत में शिवसेना को मिला जो धार्मिक विखंडन की सबसे प्रामाणिक पार्टी थी। कांग्रेस इस डर से आरएसएस से दो-दो हाथ करने से भी कतराती रही कि कहीं इससे उसके हिंदू मतदाता हाथ से न खिसक जाएं। मसलन, 1947 में आज़ादी से ठीक पहले मुख्यमंत्री गोविंदबल्लभ पंत ने आरएसएस के उन नेताओं को गिरफ़्तार करने से इनकार कर दिया था जो उत्तर प्रदेश में सांप्रदायिक दंगे कराने के लिए जमा किए गए भड़काऊ साहित्य, नक्शों और हथियारों के साथ पकड़े गए थे। दूसरी तरफ़, कांग्रेस ने कट्टर मुस्लिम इमामों को संतुष्ट रखने में भी कोई कसर नहीं छोड़ी। मसलन, प्रधानमंत्री राजीव गांधी की सरकार ने शाहबानो को गुजारा भत्ता देने के सर्वोच्च न्यायालय के फ़ैसले को उलट दिया था। सर्वोच्च न्यायालय के फ़ैसले के जवाब में राजीव गांधी ने मुस्लिम महिला (तलाकोपरांत सुरक्षा) क़ानून, 1986 पारित किया जिससे न केवल मुल्लाओं बल्कि रूढ़िवादी मुस्लिम पुरुषों को भी बड़ा संतोष हुआ था। कांग्रेस पार्टी ने मतदाताओं को बेवकूफ़ बनाने और अपनी सत्ता बचाए रखने के लिए ध्यान भटकाने के भी हथकंडे अपनाए थे। मगर इस बिसात पर नियंत्रण कांग्रेस का नहीं था। इस आक्रामकता की लहर पर सवारी गांठी आरएसएस और भाजपा के लोगों ने।

भारतीय समाज इस दबाव को नहीं झेल पाया। 1980 और 1990 के दशकों में जब आरएसएस और भाजपा ने अयोध्या स्थित सोलहवीं शताब्दी की बाबरी मस्जिद

को ढहाकर उसकी जगह राम मंदिर बनाने के लिए पूरे देश में अभियान चलाया तो समाज की सीवनें उधड़ने लगीं। अभी तक जो सिलसिला यहां-वहां हो रहे धरना-प्रदर्शनों के साथ शुरू हुआ था वह चैतरफ़ा हिंसा, तबाही और अंततः हत्याओं तक पहुंच गया। भाजपा और आरएसएस के लोग हिंसा करने के बाद हमेशा ही उससे हाथ झाड़ लेते हैं। इसके बावजूद, अगर उनके लोग इस तरह की वारदातों में लिप्त पाए जाते हैं, जोकि अक्सर ही होता है, तो वे उन लोगों को भी हाशियाई तत्व या 'फ्रिंज एलीमेंट्स' कहकर ख़ारिज कर देते हैं। मगर सच यह है कि इन हिंसक गिरोहों और भाजपा-आरएसएस के संबंध बहुत गहरे, बहुत स्पष्ट रहे हैं। उनके बारे में दस्तावेज़ी सबूत मौजूद हैं और उन पर विश्वास न करने की कोई वजह नहीं है। अब बढ़ते-बढ़ते ये फ्रिंज एलीमेंट्स ही मुख्यधारा बन गए हैं और आला व अहम सरकारी ओहदों पर क़ाबिज़ हैं। उदाहरण के लिए, उत्तर प्रदेश के मुख्यमंत्री आदित्यनाथ को एक ज़माने में एक बड़बोले साधू से ज़्यादा अहमियत नहीं दी जाती थी। कल के गुंडे-लफंगे आज देश के हुक्मरान बने बैठे हैं।

ऐसी हर शय को ख़ामोश कराना ज़रूरी है जो भारतीय समाज की उनकी तस्वीर से मेल नहीं खाती। ये फ़ेहरिस्त बहुत लंबी और दर्दनाक है। विश्वविख्यात चित्रकार एम.एफ. हुसैन की पेंटिंग्स को फाड़ दिया गया, उनकी प्रदर्शनियों को तहस-नहस कर दिया गया। हुसैन को अपनी जन्मभूमि को छोड़कर भागना पड़ा और भारत की ज़मीन पर अंतिम सांस लेने की ख़्वाहिश दिल में संजोए उन्होंने लंदन में दम तोड़ दिया। अगर कोई फिल्म आरएसएस की कसौटियों पर खरी न उतरे तो सिनेमा हॉलों पर हमला किया जाता है (हलांकि मूवी मुगल्स भी कम धूर्त नहीं हैं – वे या तो इन संगठनों को हफ़्ता अदा कर देते हैं या आरएसएस के सेंसर से गुज़रने के लिए अपनी ही फिल्मों में काट-छांट कर लेते हैं)। मगर कई बार ये नहीं भी हो पाता। हाल ही में संजय लीला भंसाली ने मलिक मुहम्मद जायसी द्वारा 1540 में रचे गए काल्पनिक पात्र पद्मावती को लेकर एक फिल्म बनाई। इस प्रसंग में भी करणी सेना नाम का फ्रिंज ग्रुप फिल्म से नाराज़ हो गया। संगठन के सदस्यों ने फिल्म के सेट पर जाकर भंसाली और उनकी टीम के साथ हाथापाई और तोड़-फोड़ की। धमकी दी कि अगर यह फिल्म सिनेमा हॉल पर चली तो वे हर सिनेमा हॉल को आग लगा देंगे। सेंसर बोर्ड की बाक़ायदा मंज़ूरी के बावजूद कई राज्यों की भाजपा सरकारों ने फिल्म और फिल्मकारों को सुरक्षा प्रदान करने की बजाए ख़ुद ही इस फिल्म पर पाबंदी लगा दी। अब चीजें इसी तरह चलती हैं।

आरएसएस और भाजपा के ख़िलाफ़ मुंह खोलने वाले बुद्धिजीवियों और लेखकों

के साथ भी यही होता है। चूंकि हिंदुत्ववादी संगठनों को जेम्स लेन की किताब *शिवाजी : हिंदू किंग इन इस्लामिक इंडिया* रास नहीं आई इसलिए उन्होंने 2004 में पुणे स्थित भंडारकर ओरिएंटल रिसर्च इंस्टिट्यूट में घुसकर तोड़-फोड़ की। 2012 में दिल्ली विश्वविद्यालय के अंग्रेज़ी साहित्य के सिलेबस से रामानुजन के विख्यात *थ्री हंड्रेड रामायनाज़* निबंध को हटा दिया गया, जिसमें ये बताया गया है कि किस तरह राम की कहानी अलग-अलग युगों में बदलते हुए हम तक पहुंची है। हिंदुत्व ट्रोल्ज़ ने ऑड्री त्रौष्क पर भी उनकी किताब 'औरंगज़ेब' के कारण हमला किया। तमिल लेखक पेरूमल मुरुगन को भी उनकी अद्भुत कहानियों के लिए परेशान किया गया। जब आदिवासी लेखिका हांसदा सॉवेंद्र ने *दि आदिवासी विल नॉट डांस* नामक किताब लिखी तो उनको अपनी नौकरी से हाथ धोना पड़ा।

पाबंदी एक चीज होती है और कत्ल एक बिल्कुल अलग चीज। ये फ़ेहरिस्त भी बहुत लंबी और कष्टदायी है। ऑस्ट्रेलियाई क्रिश्चियन मिशनरी ग्राहम स्टेंस और उनके दो अल्पायु बेटों को बजरंग दल के कार्यकर्ता दारा सिंह और उसके गिरोह ने जलाकर मार डाला। आरएसएस/भाजपा की छात्र शाखा एबीवीपी के कार्यकर्ताओं ने प्रो. एच.एस. सभरवाल को पीट-पीट कर मार डाला। तर्कवादी और वामपंथी नेता गोविंद पंसारे, नरेंद्र दाभोलकर, एम.एम. कलबुर्गी और गौरी लंकेश को गोलियों से भून दिया गया। सब जानते हैं कि ये हत्याएं दक्षिणपंथी गुंडों ने की हैं मगर न तो उनको गिरफ़्तार किया गया, न ही किसी केस में गंभीरता से जांच हुई। इससे दक्षिणपंथी गुंडों को अपने आकाओं के इशारों पर काम करने का और ज़्यादा साहस मिल जाता है।

हालात इतने भयावह हैं कि सितंबर 2017 में एनडीटीवी के ऐंकर रवीश कुमार ने मोदी को एक खुली चिट्ठी लिखकर उनसे बहुत ज़रूरी प्रश्न पूछे। ट्वीटर और व्हाटसऐप पर रवीश कुमार पर हमला कर रहे ट्रोल गिरोहों में कुछ ऐसे लोग भी थे जिनको ख़ुद मोदी भी फॉलो करते हैं। ये लोग रवीश कुमार को जान से मारने की धमकियां दे रहे थे। लिहाज़ा, रवीश कुमार ने अपनी खुली चिट्ठी में लिखा, 'मैं यह पत्र सार्वजनिक कर रहा हूं और डाक से आपको भेज रहा हूं। अगर आप निखिल दधीच, नीरज दवे और आकाश सोनी को जानते हैं तो उनसे पूछें कि क्या वे या उनके समूह मेरी हत्या की योजना बना रहे हैं?' हालात इस क़दर भयानक शक्ल ले चुके हैं कि अब एक जाने-माने टेलीविजन न्यूज़ ऐंकर को देश के प्रधानमंत्री से खुलेआम ऐसा सवाल पूछना पड़ रहा है।

सावरकर, हेडगेवार, गोलवलकर – एक दौर के हाशियाई किरदार – अब मुख्यधारा बन चुके हैं। आरएसएस से निकले तीन आदमी अब भारत सरकार के तीन

शीर्षस्थ पदों पर विराजमान हैं – राष्ट्रपति (रामनाथ कोविंद), उपराष्ट्रपति (वेंकैय्या नायडू) और प्रधान मंत्री (नरेंद्र मोदी)।

मोदी

आरएसएस की दुनिया में मोदी का प्रवेश तब हुआ जब उनकी उम्र महज़ 8 साल थी। उनका परिवार परंपरागत रूप से वनस्पति तेल निकालने और बेचने वाले जाति समुदाय से आता था। अपने परिवार का पेट पालने के लिए उनके पिता स्थानीय रेलवे स्टेशन पर चाय की दुकान भी चलाया करते थे। वहीं रेलवे लाइन के दूसरी तरफ़ एक गुजराती मीडियम स्कूल था जहां मोदी ने अपनी पढ़ाई शुरू की। उनके अध्यापक उन्हें एक सामान्य विद्यार्थी बताते हैं, जिसकी रंगमंच और बहस में काफ़ी दिलचस्पी थी। मोदी चाय की दुकान पर अपने पिता का हाथ बंटाते थे और आरएसएस की शाखा में भी जाते थे। मोदी का ज़्यादातर समय आरएसएस की *शाखा* में ही बीतता था। अपनी कच्ची उम्र में मोदी सावरकर और गोलवलकर के विचारों में डूबते जा रहे थे।

महज़ 13 साल की उम्र में मोदी की शादी कर दी गई। जब औपचारिक रूप से पत्नी को अपने घर लाने का समय आया तो मोदी ने सब कुछ छोड़ दिया और दो साल के लिए लापता हो गए। इसका कहीं रिकॉर्ड नहीं मिलता कि इन दो सालों में उन्होंने क्या किया। जब मोदी घर लौटे तो उन्होंने कहा कि वह 'ईश्वर की पुकार' सुनकर हिमालय की यात्रा पर निकल गए थे। ईश्वर की पुकार पर पत्नी और बच्चों को छोड़ देने की सोच भारतीय मानस में बहुत गहरा स्थान रखती है। जिसे दूसरी संस्कृतियों में ज़िम्मेदारी से पलायन माना जाता होगा, यहां असंख्य लोग उसी को त्याग और देवत्व का परिचायक मानते हैं।

नायक हमेशा ही एक ऐसा प्रतिभाशाली बच्चा होता है जिसे या तो लोग समझ नहीं पाते या जो समाज में फिट नहीं हो पाता। उसके भीतर से इस आशय की आवाज़ हमेशा यौवनारंभ के उपरांत, किशोरावस्था के मध्य में ही उठती है। इस प्रकार हमारा नायक एक रोमांचक यात्रा पर निकल जाता है, एक ऐसी यात्रा जो असंभव अवरोधों, विपदाओं, अपमान और वंचना से भरी होती है। किंतु जब वह इनमें सफल हो जाता है तो एक रूपांतरण घटित होता है। वह नायक, वह व्यक्ति मात्र मर जाता है और उसके स्थान पर एक अमर व्यक्ति, एक विश्व मानव जन्म लेता है, जिसका एकमात्र कार्यभार और उद्देश्य होता है – लौटकर दुनिया को एक सबक सिखाना। नायक सिर्फ़

लौटता नहीं है बल्कि वह समाज की पुनर्रचना में लीन हो जाता है। वह उसको रूपांतरित करने, उसे सामाजिक निर्वाण की दिशा दिखाने के लिए लौटता है।

अपनी वापसी के बाद मोदी अहमदाबाद चले गए, जहां उन्होंने आरएसएस मुख्यालय के निकट ही चाय की एक दुकान खोल ली। कुछ समय बाद वह आरएसएस मुख्यालय के प्रमुख के निजी सहायक के रूप में काम करने लगे। गुजरात के आरएसएस मुख्यालय में मोदी का प्रवेश एक बहुत मुफ़ीद समय पर हुआ था। यह सत्तर के दशक के मध्य की बात है। 1974 में छात्र आंदोलन और 1975-76 में राष्ट्रीय आपातकाल की घोषणा ने आरएसएस को कार्यकर्ताओं की एक नई क़तार दी थी। दूसरी तरफ़, इंदिरा गांधी द्वारा 1971 के संविधान संशोधन के माध्यम से जिन राजाओं और रियासतों का प्रीवी पर्स छीन लिया गया था, वे भी खुले दिल से आरएसएस को आर्थिक सहायता देने लगे थे। इस तरह, आरएसएस को कार्यकर्ता और पैसा, दोनों मिलने लगे। देखते-देखते यह हाशियाई समूह सामाजिक स्वीकार्यता पाने लगा। इधर मोदी की ज़िम्मेदारियों में भी इज़ाफ़ा हुआ। वह जल्दी ही सचिवीय भूमिकाएं निभाने लगे, मुख्यालय में आने वाली चिट्ठियां खोल कर पढ़ने लगे। मोदी की छवि एक विश्वासपात्र कार्यकर्ता की थी। लिहाज़ा, उन्हें एक महीने के अधिकारी प्रशिक्षण शिविर के लिए आरएसएस के राष्ट्रीय मुख्यालय नागपुर भेज दिया गया। इसके बाद उन्हें गुजरात में आरएसएस के छात्र संगठन (एबीवीपी) का प्रभारी बना दिया गया। विद्यार्थी संगठन के सदस्यों के लिए वह 'त्वचा के भीतर स्पंदित होती शिराओं की भांति' मार्गदर्शक थे। उन्हें बहुत बदज़ुबान माना जाता था। फिर भी एक कुशल संगठनकर्ता के रूप में उनके काम, आरएसएस के गुप्त साहित्य को उसकी शाखाओं तक पहुंचाने में उनके योगदान ने उन्हें बचाए रखा।

जब 1977 में जनता पार्टी की सरकार बनी तो मोदी के बहुत सारे वरिष्ठ सहकर्मी, मंत्री बनकर दिल्ली चले गए। इन घटनाक्रम से मोदी को एक रास्ता खुलता दिखाई दिया। वह एक बार फिर सघन प्रशिक्षण के लिए नागपुर के राष्ट्रीय मुख्यालय आए। 1981 तक वह आरएसएस तथा गुजरात के उसके सभी जनसंगठनों के बीच मुख्य कड़ी बन चुके थे। मोदी सत्ता का केंद्र बन गए थे।

जब तक आप परछाईं में रहते हैं तब तक राजनीतिक सत्ता आंख-मिचौली का खेल बनी रहती है। इसके सारे फ़ायदे भोगने के लिए आपको खुले में आना पड़ता है। साए से बाहर निकलने का मोदी का सफ़र 1987 में शुरू हुआ जब उन्हें गुजरात भाजपा का आरएसएस सांगठनिक सचिव नियुक्त किया गया। सांप्रदायिक तनाव ने भाजपा

के लिए राजनीतिक पूंजी पैदा कर दी थी। ज़्यादा तनाव मतलब ज़्यादा असुरक्षा। ज़्यादा असुरक्षा मतलब और ज़्यादा लोग सुरक्षा व ताक़त के लिए महाशक्तिशाली की ओर लपकेंगे। इसी घर्षण को चिंगारी में तब्दील करने के लिए भाजपा ने कई रोड शो आयोजित किए – 1987 में न्याय यात्रा, 1989 में लोकशक्ति रथयात्रा और 1991 में गुजरात में अयोध्या रथयात्रा। घृणा और असुरक्षा को हवा देने वाले इन चलते-फिरते मंचों के आयोजक के रूप में मोदी जबर्दस्त साबित हुए। पुरस्कार स्वरूप उन्हें भाजपा अध्यक्ष मुरली मनोहर जोशी की एकता यात्रा (1992) के आयोजन व संचालन का ज़िम्मा सौंपा गया। यह यात्रा भारत के दक्षिणी छोर पर स्थित कन्याकुमारी से जम्मू-कश्मीर की राजधानी श्रीनगर तक होनी थी। विभिन्न रोड शोज़ और उनके आलोक में हुए रक्तपात ने भारतीय राजनीति व समाज में भाजपा का कद कई गुना बढ़ा दिया था। नतीजा, 1985 के गुजरात विधान सभा चुनाव में मात्र 11 सीटें हासिल करने वाली भाजपा को 1995 में 182 में से 121 सीटें मिलीं।

सत्ता कुछ भी कर सकती है। वह ऐसी महत्वाकांक्षाओं को भी जन्म दे सकती है जिनको आंतरिक दुश्मनी सांस लेने से पहले ही कुचल डालेगी। भाजपा नेता शंकर सिंह वाघेला और केशूभाई पटेल में पहला टकराव हुआ। एक तरफ़ वाघेला ने पार्टी छोड़ दी और दूसरी तरफ़ पटेल ख़ुद पार्टी से दूर होते गए। मोदी तो हमेशा साये में थे। वह रोशनी में आए बिना दोनों की खामियों और खोटी निष्ठा के बारे में फुसफुसाकर बोल सकते थे। 1995 में पटेल मुख्यमंत्री बने, जिससे वघेला की बग़ावत शुरू हुई। इस उठापटक में भाजपा हाईकमान को मोदी का हाथ साफ़ दिखाई दे रहा था। उन्हें गुजरात से हटाकर दिल्ली भेज दिया गया। मगर इस तबादले से भी बात नहीं बनी। पार्टी की नब्ज मोदी के हाथ में थी। वघेला ने कांग्रेस के समर्थन से 1996 में सरकार बनाई जिसकी बदौलत मोदी को दिल्ली में सबके बीच यह कहने का मौक़ा मिल गया कि उन्होंने तो वघेला की निष्ठा में खोट पहले ही बता दिया था। मोदी ने यही रवैया तब अपनाया जब 2001 के कच्छ भूकंप के बाद राहत कार्यों में खामियों के चलते पटेल सरकार स्थानीय चुनावों और दो उपचुनावों में हारने के बाद संकट में फंस गई थी। पटेल की विफलताओं पर भी मोदी उसी तरह लोगों के कान भरने लगे जिस तरह उन्होंने वाघेला के ख़िलाफ़ किया था।

षड्यंत्रों से मोदी को हमेशा फ़ायदा हुआ है। वाघेला के ख़िलाफ़ अभियान चलाने के फलस्वरूप 1998 में मोदी को आरएसएस सांगठनिक सचिव का पद मिला था।

इससे मोदी को आरएसएस और भाजपा ही नहीं बल्कि संघ परिवार के दूसरे संगठनों के बीच भी एक मुख्य कड़ी के रूप में काम करने की छूट मिल गई थी। मोदी ने अपनी इस ज़िम्मेदारी को बड़े जोश के साथ अंजाम दिया। लोगों की नज़र में रहने, टेलीविजन पर आने, दुनिया के मामलों पर अपनी तीखी राय देने में उन्हें मजा आता है। पाकिस्तान की तरफ़ से होने वाली उकसावे की कार्रवाइयों पर हुई एक टेलीविजन डिबेट में उन्होंने कहा था, 'चिकन बिरयानी नहीं, बुलेट का जवाब बम से दिया जाएगा'। ये आग-बबूला तेवर भाजपा के जनाधार और आरएसएस के आकाओं, दोनों को पसंद आ रहे थे। जब पटेल की सरकार गिरी तो उनके स्थान पर मोदी को ही गुजरात का मुख्यमंत्री बना दिया गया।

मोदी को 9/11 के ठीक बाद और वॉर ऑन टेरर के बिल्कुल शुरुआती दिनों में गुजरात की बागडोर मिली थी। इसके दो महीने बाद भारतीय संसद पर हमला हुआ। भारत-पाकिस्तान सीमा पर दोनों देशों की सेनाएं एक-दूसरे के सामने डट गई थीं। इस जमावड़े में भी गुजरात एक विस्फोटक इलाका था। मोदी पूरी तरह तैयार थे। उनके पास उकसावे के सारे साधन तैयार थे। मुसलमानों के ख़िलाफ़ पहले से मौजूद सोच – जिसे आरएसएस के संस्थापकों और उनके अनुयायियों की छत्रछाया में ख़ूब हवा दी गई थी – अब एक नई सतह पर जा पहुंची थी। अमेरिका से इस सोच को एक नई ख़ुराक मिली क्योंकि अमेरिका की आतंकवाद विरोधी जंग वास्तव में खालिस इस्लाम और मुसलमान विरोधी जंग थी। गोधरा के बाद गुजरात में हुआ सामुदायिक सफ़ाये का आयोजन भी इसी माहौल का एक हिस्सा था। अब ये बात साफ़ हो चुकी है कि गुजरात सरकार – जिसकी बागडोर मोदी के हाथ में थी – इन दंगों में ख़ुद शामिल थी। बाद में गठित जांच आयोगों ने राजनीतिक दबाव में सरकार को निर्दोष करार दिया। बहरहाल, इन दंगों ने भारत के राजनीतिक परिदृश्य और भारतीय राजनीति के साथ मोदी के संबंधों को हमेशा के लिए बदल दिया था। यह एक निर्णायक क्षण था – और मोदी इस बात को भली-भांति समझते थे।

मोदी ने इस जनसंहार के लिए कभी माफ़ी नहीं मांगी। इस सवाल पर उन्होंने ग्लानिहीन, यहां तक कि ढीठ रवैया अपनाए रखा। यह भी हमारे देश के लिए एक नई बात थी। आमतौर पर राजनेता अपनी ज़िम्मेदारियों में गंभीर चूक होने पर माफ़ी मांग लेते हैं, किसी न किसी तौर पर उसकी नैतिक ज़िम्मेदारी स्वीकार कर लेते हैं। इसके बाद या तो वे इस्तीफ़ा देते हैं या लोग उन्हें माफ़ कर देते हैं। परंतु यहां एक ऐसा नेता था जिसकी नाक तले कत्लेआम हो रहे थे मगर वह इस बारे में बिल्कुल निर्लज्ज था।

उग्र दक्षिणपंथियों के लिए मोदी एक नायक बन कर उभरे। यह तबक़ा इसी तरह के तेवर वाला नायक चाहता था। मोदी ने आबादी के इस बढ़ते तबक़े की निष्ठा जीत ली थी, आरएसएस और भाजपा का कैडर तो उनके साथ था ही।

मगर उन्हें अपनी ताक़त को फैलाने के लिए अभी और भी बहुत कुछ करना था। सबसे पहले उन्हें उद्योगपतियों, फ़ाइनेंसरों, बड़े पूंजीपतियों का वरदहस्त हासिल करना था। 2003 में भारतीय उद्योग परिसंघ (कन्फ़ेडरेशन ऑफ़ इंडियन इंडस्ट्रीज़ – सीआईआई) ने मोदी और उद्योग जगत के लोगों के बीच एक विशेष मीटिंग आयोजित की। आदी गोदरेज (गोदरेज इंडस्ट्रीज) और राहुल बजाज (बजाज इंडस्ट्रीज) ने खुलेआम मोदी की भर्त्सना की। मोदी चुपचाप सुनते रहे। थोड़ी देर बाद उठकर माइक पर गए और बोले, 'गुजरात को बदनाम करने में औरों का तो निहित स्वार्थ है। इसमें तुम लोगों की क्या दिलचस्पी है?' गुजराती उपराष्ट्रवाद के एक ही झोंके में मोदी ने गुजरात के उद्योगपतियों – गौतम अडानी (अडानी ग्रुप), इंद्रवदन मोदी (कैडिला फ़ार्मास्युटिकल्स), करसन पटेल (निरमा ग्रुप) और अनिल बाकरी (बाकरी इंजीनियर्स) को अपने पाले में खींच लिया था। इन लोगों ने मिलकर रिसर्जेंट ग्रुप ऑफ़ गुजरात का गठन किया और सीआईआई के महानिदेशक तरुण दास को सार्वजनिक रूप से माफ़ी मांगने और गोदरेज व बजाज की निंदा करने के लिए बाध्य किया। मोदी खीसें निपोरते रहे। 2007 में मोदी दोबारा चुनाव मैदान में उतरे। वह व्यवसाय जगत के समर्थन को और मज़बूत करना चाहते थे। इसके लिए उन्होंने वायब्रेंट गुजरात समिट के नाम से एक चमक-दमक भरा निवेश कैंप आयोजित किया। वास्तव में यह मोदी के चुनाव अभियान का हिस्सा था। इस अवसर पर रतन टाटा (टाटा संस) ने उनकी सार्वजनिक रूप से सराहना की। मोदी के लिए यही बहुत था। मोदी चुनाव में कामयाब रहे। अब वह आरएसएस के कार्यकर्ता के स्थान पर विकास के मार्ग पर चलने वाले बिज़नेस लीडर बन गए थे। आरएसएस का चहेता 'उद्योगपतियों का चहेता' बन गया था।

मगर सबसे बढ़कर मोदी ख़ुद अपने आदमी बन गए थे। सबसे पहले उन्होंने रातोंरात अपने सारे प्रतिद्वंद्वियों को अलग-थलग कर दिया। पार्टी के बुज़ुर्गों को मार्गदर्शक मंडल के नाम पर वनवास में डाल दिया गया। अपने अब तक के सहकर्मियों और साथियों को हटाकर उन्होंने दूर भेज दिया ताकि मोदी के वफ़ादार उनके इर्द-गिर्द अपनी जगह ले सकें। उनको चुनौती देने वालों से भिड़ने के लिए मोदी के ऐसे भक्तों और ट्रोल्स की फ़ौज तैयार कर दी गई जो गुजरात जनसंहार के बाद मोदी के रवैये से अभिभूत थे। उनके लिए मोदी एक रक्षक, एक विराट शख़्सियत थे। चुनांचे, ये अचंभे

की बात नहीं थी कि मोदी भी छुटभैये नेताओं की तरह छप्पन इंच की छाती की दुहाई देने लगे। मोदी के सबसे नज़दीकी हमसफ़र बने अमित शाह, जो धरातल पर चीजों को संभाल रहे थे। उनकी एक उपलब्धि ये थी कि उन्होंने चुनावों में मुसलमानों की भूमिका और महत्व को नगण्य बना दिया था। यही असली *गुजरात मॉडल* था, जिसको 2014 के बाद पूरे देश में फैलाया जा रहा था। प्रलोभन और भय के बीच तैरते हुए मोदी 2014 में प्रधानमंत्री के पद पर जा पहुंचे। भले ही उनकी पार्टी को एक तिहाई से कम वोट मिले मगर वे सबसे ज़्यादा सीट पाने में कामयाब रहे। ये हमारी निर्वाचन व्यवस्था की ख़ूबी है। इसके बाद हुए उत्सवों को देखकर लगता था मानो मोदी ने सूपड़ा साफ़ कर दिया हो। भला ऐसा महामानव, ऐसा रक्षक सारे भारतीयों का हृदय न जीते, ऐसा कैसे हो सकता था!

मोदी का राजनीतिक ककहरा

फ़ारसी की एक पुरानी दंतकथा है – *शैतान का शोरबा*। इस कहानी से पता चलता है कि शैतान का मक़सद क्या होता है : तबाह करना, अफ़रा-तफ़री फैलाना और इस अराजकता के ज़रिए सत्ता हासिल कर लेना। कहानी कुछ यों है : एक ईमानदार आदमी हलवाई की दुकान पर जाता है। उसी समय शैतान सबकी नज़रें बचाकर चीनी के शोरबे की एक बूंद हलवाई की गंजी खोपड़ी पर डाल देता है। एक मक्खी आकर उसके सिर पर बैठ जाती है और वह इस शीरे को चूसने लगती है। ईमानदार आदमी उस मक्खी को देखकर अपना जूता निकालता और हलवाई के सिर पर बैठी मक्खी पर जोर से दे मारता है। हलवाई आग-बबूला हो जाता है। उसको यक़ीन नहीं हो पाता कि ये ईमानदार आदमी सिर्फ़ मक्खी को मार रहा था। ईमानदार आदमी लाख दुहाई देता है कि उसका और कोई इरादा नहीं था मगर हलवाई उस पर यकीन नहीं करता। दोनों के बीच झगड़ा होता है। भीड़ जमा हो जाती है। दुकान तोड़-फोड़ दी जाती है।

शैतान का शीरा कहानी ये बताती है कि छल दुनिया भर में चलता है। प्रोपेगैंडा का शीरा लोगों में उदासीनता पैदा करता है, जिससे एक वैकल्पिक नैरेटिव पैदा करना आसान हो जाता है। इस नैरेटिव में दुश्मनों की निशानदेही की जाती है, लोगों को गुमराह किया जाता है और छल रचने वाला ही देखते-देखते सत्ता अपने हाथ में ले लेता है। सच दबा दिया जाता है, अर्धसत्यों और अधूरे तथ्यों का ढेर लगा दिया जाता है। झूठ को तथ्यों का मुलम्मा चढ़ा कर पेश कर दिया जाता है। कपटी, एक तर्कसंगत नहीं बल्कि भावनात्मक प्रतिक्रिया को जन्म देता है।

छल तो मोदी की सियासत के ककहरे का केवल एक हिस्सा है। दूसरा हिस्सा है, फूट और भय का माहौल पैदा करना। ये मोदी की उस रणनीति के टुकड़े हैं जिसकी लहर पर चढ़कर मोदी सत्ता तक पहुंचे हैं।

उमैयद ख़लीफ़ा मुआविया की एक दिलचस्प क्लासिक कहानी है। इसके मुताबिक़, वह मुहम्मद के बुज़ुर्ग अब्दुल मुत्तालिब के घराने की तौहीन करना चाहता था। इसके लिए उसने अपने सलाहकार अम्र बिन अल-आस से अब्दुल मुत्तालिब के ख़ानदान से कोई ऐसा आदमी ढूंढकर लाने को कहा जिसके किरदार में कोई खामी हो। अम्र ने इसके लिए मुहम्मद के चचेरे भाई अक़ील बिन अबी तालिब का नाम सुझाया। जब अक़ील को मुआविया के दरबार में बुलाया जाता है तो ख़लीफ़ा अपने दरबार में *कुरान* की सुरा अल-मसद पढ़वाता है जिसका भाव ये था :

> अबू लहाब के हाथ गर्क हो जाएं और वह ख़ुद भी ग़र्क़ हो जाए। उसकी सारी धन-दौलत और जो भी उसने हासिल किया है उसके किसी काम न आए। वो आग की (दहकती) लपटों में जले और उसकी बीवी (भी) – जो जलावन ढोकर लाएगी – उसके गर्दन में (बंटे हुए रेशों की) रस्सी बंधी होगी।

इसके बाद मुआविया ये कहते हुए अक़ील का मजाक उड़ाता है: 'अक़ील, क्या तुम्हें मालूम नहीं कि इस सुरा में जिस अबू लहब का ज़िक्र आया है वह तुम्हारा चाचा था?' अक़ील पलट कर जवाब देता है, 'तुम ये भेद क्यों नहीं बताते कि इस आयत में लकड़ी लाने वाली जिस औरत का ज़िक्र आया है वो तुम्हारी फूफी थी?'

मुआविया और अक़ील के बीच ये पूरा संवाद मजाहिया है। इसका मक़सद कोई नैतिक बहस खड़ी करना नहीं है बल्कि सूचनाओं को दबाना है, उसे एक हंसी के तौर पर पेश करना है। इसका मक़सद है अपमान के ज़रिए एक भावनात्मक उथल-पुथल पैदा कर देना और फ़तह का एक झूठा एहसास रचकर वैधता हासिल कर लेना।

साइंस फिक्शन विधा के मशहूर लेखक विलियम गिब्सन ने बड़ी सोचने वाली बात कही थी, 'फ़ासीवाद पहले अफ़रा-तफ़री पैदा करता है, फिर उस पर फलता-फूलता है और फिर ख़ुद को ही उसके समाधान के रूप में पेश कर देता है'।

मोदी 2014 के चुनाव अभियान के दौरान बिहार के काऊ बेल्ट में पहुंचते हैं। यहां वे 'पिंक रेवल्यूशन' का हवाला देते हैं जो बक़ौल उनके, जल्दी ही देश को अपने आगोश में ले लेगा। मोदी कहते हैं कि भारत मीट का सबसे बड़ा निर्यातक है और फिर वह मीट निर्यातकों पर आरोप लगाते हैं कि वे कसाईयों से मिले हुए हैं – जिनमें

ज़्यादातर मुसलमान हैं। मोदी ने ये नहीं बताया कि देश के सबसे बड़े मीट निर्यातकों में से एक ख़ुद भाजपा का सक्रिय सदस्य है और दूसरा विशाल मीट निर्यातक भाजपा का बहुत मुखर समर्थक है। यहां आपको एक तयशुदा नाट्य के सारे सूत्र दिखाई दे रहे हैं। एक फ़र्ज़ी आधार गढ़ दिया गया है। जनता का ध्यान बंटाने के लिए एक बहस छेड़ दी गई है। असली सूचनाओं को दबा दिया गया है। लोगों को एक अदृश्य का डर दिखाया जा रहा है। और फिर यह डर फैलाने वाले को ही एकमात्र रक्षक घोषित कर दिया गया है। यहां से एक सुन्न कर देने वाला डायनमिक शुरू हो उठता है – उनके भाषण के महज़ छह महीने के भीतर एक शख़्स को अपने घर में गाय का मांस रखने के झूठे आरोप में खुलेआम पीट-पीट कर मार दिया जाता है।

अंग्रेज़ी का एक शब्द है गैसलाइटिंग। यानि, किसी को अपनी समझ पर संदेह पैदा करा देना, उनकी स्मृति के साथ खिलवाड़ करना, उन्हें ये एहसास करा देना कि उन पर जो आरोप लगाया जा रहा है वह वाकई उन्होंने किया है। यह ध्यान बंटाने का एक बढ़िया तरीका है। हिंदुत्व की ताक़तों ने पिछले दशकों के दौरान इसे अपने ज़ख़ीरे का ख़ास हिस्सा बना लिया है।

आज़ादी के पहले साल के दौरान ही भारत के पहले राष्ट्रपति डॉ. राजेंद्र प्रसाद, जो न केवल दक्षिणपंथ के प्रति बल्कि हिंदुत्व के प्रति भी नर्म रवैया रखते थे, ने 14 अगस्त 1948 को भारत के गृहमंत्री सरदार पटेल को, जो ख़ुद भी इन ताक़तों से हमदर्दी रखते थे, लिखा था :

> मुझे बताया गया है कि आरएसएस के लोगों के पास उपद्रव फैलाने की एक योजना है। उन्होंने मुसलमानों की वेशभूषा में और मुसलमान दिखने वाले कुछ लोग तैयार कर लिए हैं, जो हिंदुओं पर हमला करके उपद्रव फैलाएंगे और इस तरह हिंदुओं को उकसाएंगे। इसी तरह, उनमें से कुछ मुसलमानों पर हमला करेंगे और इस तरह मुसलमानों को उकसाया जाएगा। इस तरह हिंदुओं और मुसलमानों के बीच आग लगा दी जाएगी।

नतीजा – परस्पर संदेह और बदगुमानी। तमाम क़िस्म के अनैतिक या नाजायज़ साधनों से तरह-तरह की छवियां गढ़ दी जाती हैं। स्टीरियोटाइप्स को पुख़्ता कर दिया जाता है। जब पूर्वाग्रह जड़ पकड़ लेते हैं तो उनको बेनकाब करना, उनकी शक्ल-सूरत को चुनौती देना, सारे तरीके बेअसर हो जाते हैं। हमारे दौर में गैसलाइटिंग का लैंडस्केप

व्हॉटसेप मैसेजेज़, फ़ेक न्यूज़ फैलाने वाली वेबसाइट्स, भाड़े के ट्रोल्स की चिल्लपों, खुल्लमखुल्ला पक्षपातपूर्ण न्यूज़ ऐंकर्स द्वारा चलाई जाने वाली फ़र्ज़ी बहसों, विज्ञापनों और बिलबोर्ड्स पर एक ख़ास नैरेटिव की विज़ुअल प्रस्तुति से भरा हुआ है। ये सब मिलकर ख़ास सोच रचते हैं, एक ख़ास नैरेटिव को शक्ल देते हैं, बार-बार ख़तरनाक 'बाहरियों' और खुन्नस खाए भीतरी दुश्मनों की निशानदेही की बात करते हैं। इस चिल्लपों की सघनता ऐसी है कि मानव हत्या और जनसंहार भी जायज़ दिखाई पड़ने लगते हैं।

मक़सद ये है कि संदेह व बदगुमानी पैदा की जाए और एक ऐसी ख़ास सोच पैदा की जाए जो 'अन्य' की बिल्कुल स्टीरियोटाइप छवि को स्थापित कर दे। अगर ज़रूरत हो तो फ़र्ज़ी छवियां गढ़ने, उनके लिए अनैतिक और नाजायज़ तरीके अपनाने में भी कोई हर्ज़ा नहीं है क्योंकि यहां साध्य के आधार पर साधन अपने आप जायज़ साबित हो जाएगा। जब एक बार स्टीरियोटाइप क़ायम कर दिया जाता है, लोगों के यकीनों को पुख़्ता कर दिया जाता है तो कोई नकार, खंडन, तथ्यों की गवाही मायने नहीं रखती। यह नैरेटिव लाज़िमी तौर पर आत्मगौरव और भावनाओं का, वैभव और अपमान का नैरेटिव बन जाता है। सारा ज़ोर एक लुप्त गौरव, लुप्त वैभव को साकार करने पर लग जाता है। ये व्हाट्सऐप मैसेजेज़, फ़ेक न्यूज़ वेबसाइट्स, पक्षपातपूर्ण न्यूज़ एंकरों द्वारा एकतरफ़ा बहसें, इश्तहारों और बोर्डों पर ख़ास नैरेटिव की तस्वीरें, ये सब उसी गढ़ी गई सोच को हवा देने का काम करते हैं। जब फूटपरस्त सोच समाज में एक खाई पैदा कर देती है तो जनसंहार और मानव हत्या भी जायज़ लगने लगते हैं। इससे ये चाह पैदा होने लगती है कि आख़िरकार एथनिक सफ़ाए से एक शुद्ध नस्ल पैदा होगी, एक स्वच्छ संस्कृति, एक स्वर्ण युग, एक ऐसी जन्नत पैदा होगी जहां सब कुछ दुरुस्त होगा। वहां दुश्मन और उसकी संस्कृति, उसकी भाषा, कहानियों, व्यंजनों, प्रतीक और शिल्प, सबको नेस्तनाबूद कर दिया जाएगा।

तिलिस्म-ए-होशरुबा की महागाथा में युति का देवता अमीर हम्ज़ा, लक़ा नाम के एक नकली भगवान से लड़ रहा है। जब लक़ा घिर जाता है तो वह अपने एक अनुयायी – बादशाह सुलेमान अम्बर-हाइर – को सुलेमान की पड़ोसी रियासतों को ख़त लिखने के लिए कहता है :

> भगवान लक़ा ने हम्ज़ा के हाथों शिकस्त के बाद मेरे पास शरण ली है। तुम्हें फ़ौरन उनकी मदद के लिए दौड़ पड़ना चाहिए। इसलिए नहीं कि तुम्हें मेरी मदद करनी

> चाहिए बल्कि इसलिए क्योंकि वह तुम्हारे भगवान हैं। तुम्हारा फ़र्ज़ है कि उनके दुश्मनों को कत्ल करो और उन्हें उनके दैवी सिंहासन पर फिर से विराजमान करो। अगर तुम इन अल्फ़ाज़ को पढ़ने के बाद भी देरी करोगे तो भगवान का क्रोध तुम्हारा वजूद मिटा देगा। भगवान लक़ा ने केवल रहम खाकर उन कीड़े-मकोड़ों को माफ़ कर दिया है जो उन्हें तबाह कर रहे हैं। वह उन्हें मारना नहीं चाहते और उनका मानना है कि ये कीड़े-मकोड़े उनकी मदिरायुक्त नींद में रच दिए गए थे। चूंकि वह अपने नशे की तरंग में अपने आप से भी नागाह थे इसलिए नियति की उनकी कलम ने इन लोगों को बाग़ी और पथभ्रष्ट लिख दिया था। अब, नियति को पलटा नहीं जा सकता। यही वजह है कि हमारे भगवान इनके अस्तित्व को नष्ट करने में अक्षम हैं और उनसे इस क़दर ख़फ़ा हैं कि जब ये कीड़े-मकोड़े अपना आर्तनाद लेकर उनके पास आते हैं तो वह उनसे नफ़रत करते हैं और उनको देखते ही दूर भाग जाते हैं। चूंकि भगवान लक़ा उनको मुक्ति नहीं दे सकते इसलिए इन कीड़े-मकोड़ों ने उनके ख़िलाफ़ खुलेआम बग़ावत छेड़ दी है। तुम्हारा फ़र्ज़ है कि अपने भगवान की मदद के लिए बिना देर किए फ़ौरन यहां के लिए रवाना हो जाओ।

या तो तुम भगवान लक़ा के साथ हो या उसके ख़िलाफ़ हो। 9/11 के बाद जॉर्ज डब्ल्यू बुश का मासूमाना तर्क भी यही था – या तो तुम हमारे साथ हो या हमारे ख़िलाफ़ हो। यही कहना मोदी का भी है – या तो तुम उनके साथ हो या उनके ख़िलाफ़ हो। अगर तुम भगवान लक़ा या बुश या मोदी के साथ नहीं खड़े होते हो तो आसमान तुम पर टूट पड़ेगा। तुम्हारी मजबूरी है कि तुम भगवान के साथ, बुश के साथ, मोदी के साथ ही खड़े हो। मोदी के ट्रोल हर बहस को एक बाइनरी में, 'ये या वो' के चुनाव में तब्दील कर देते हैं। लिहाज़ा या तो मोदी का समर्थन करो और अपनी देशभक्ति का परिचय दो और अगर ऐसा नहीं करते हो तो इसका मतलब है कि तुम राष्ट्रविरोधी हो और तुम्हें राजद्रोह का दोषी माना जाएगा। मोदी ही भारत है, भारत ही मोदी है। दुश्मन, दुश्मन है। उसको शिकस्त देना और मोदी के लिए ताली बजाना लाज़िमी है।

प्रहसन

मोदी रक्षक है। वह चुप रहता है। वह किसी की निंदा नहीं करता। वह अखाड़े में पांव भी नहीं रखता।

आज के भारत का लैंडस्केप लिंचिंग यानि पीट-पीट कर मौत के घाट उतार दिए जाने की वारदातों, संघ परिवार के 'फ्रिंज' (हाशियाई) समर्थकों द्वारा की जा रही हत्याओं से लहूलुहान है। मोदी के कैबिनेट मंत्रियों और पार्टी सदस्यों की बेतुकी बकवास हर तरफ़ गूंज रही है। यह लैंडस्केप लेखकों और कलाकारों और अभिनेताओं के ख़िलाफ़ धमकियों से भरा पड़ा है। मोदी कुछ नहीं कहता। वह चुप रहता है। यह वो कूड़ा-करकट नहीं है जो उसके स्वच्छ भारत अभियान से साफ़ होने वाला है।

जुनैद ख़ान को एक रेलगाड़ी में पीट-पीटकर मार दिया गया। उस पर भी आरोप यही था कि वह गाय का मीट ले जा रहा था। जवाब में पूरे हिंदुस्तान के लोगों ने मोर्चे निकाले, रैलियां आयोजित कीं। नॉट इन माई नेम के नाम पर काफ़ी सरगर्मी रही। मोदी ने भी एक बयान दिया : 'गायों की रक्षा के लिए महात्मा गांधी और आचार्य विनोबा भावे से ज़्यादा मुखर कोई नहीं रहा। सो, ये काम तो करना ही है। मगर गौभक्ति के नाम पर हत्या को बर्दाश्त नहीं किया जा सकता। महात्मा गांधी कभी इसे सही नहीं ठहराते'। बात ख़त्म। गाय की रक्षा ज़रूरी है। गांधी जी जुनैद की हत्या का समर्थन नहीं करते। मगर सवाल यह है कि मोदी समर्थन करता है या नहीं? इस पर वह चुप रहते हैं।

जब सवर्ण जातियों के गिरोह, गुजरात में मरी हुई गायों को ढोने वाले दलितों को कोड़ों से पीटते हैं तो मोदी अपनी गूढ़ राय पेश करते हैं। वे कहते हैं कि समाज को कलंकित करने वाले शरारती तत्व ही 70.80% हिंसा फैला रहे हैं। क्या इसका मतलब यह है कि हिंसा के 20-30% कृत्य जो उनके समर्थक गिरोहों द्वारा किए जा रहे हैं वे स्वीकार्य हैं?

जब उनसे गुजरात जनसंहार के पीड़ितों के बारे में पूछा गया तो मोदी ने कहा कि जब आप कार की पिछली सीट पर सवारी करते हैं और कार का पहिया किसी पिल्ले पर भी चढ़ जाता है तो सवारी को बहुत अफसोस होता है। इस तरह, यह जनसंहार एक दुर्घटना बन जाता है, जो शिकार हुए हैं वे आवारा जानवर बन जाते हैं और मोदी वो मुसाफिर बन जाता है जिसका इस पूरे वाकये से कोई लेना-देना नहीं है।

भारत अपने पैर घसीटता प्रहसन के धरातल की ओर बढ़ रहा है। अब इसके लक्षण दिखाई देने लगे हैं। मेरठ के एक व्यक्ति ने कहा कि वह अपने भगवान – मोदी – के नाम पर मंदिर बनवाएगा और उसमें मोदी की 100 फुट ऊंची प्रतिमा बनवाएगा। मोदी के नाम पर यह पहला मंदिर नहीं होगा। पहला तो 2014 में गुजरात में बना था। तब मोदी ने मंदिर को लेकर अपनी नापसंदगी जताई थी। इस बार वह ख़ामोश हैं। पहली बार ये शर्मिंदगी का बायस था, दूसरी बार यह प्रहसन है।

ध्यान बंटाने की इन्हीं तिकड़मों पर महारत हासिल करना ही आरएसएस की

भीतरघाती प्रवृत्ति है। आरएसएस भारतीय संविधान को बदलकर इस देश के सामाजिक ताने-बाने को मौलिक रूप से बदल डालना चाहता है। 'पैरेलल लाइव्ज़' नामक किताब लिखने वाले जीवनीकार प्लूटार्क ने एक ऐसे जहाज के बारे में लिखा है जिसके सारे पुर्जे बदल दिए गए हैं। जब जहाज में कोई भी पुराना पुर्जा नहीं बचा हो क्या तब भी इस जहाज को वही पुराना जहाज कहा जा सकता है? क्या भारत प्लूटार्क के शिप ऑफ़ थिसियस की नियति की ओर बढ़ रहा है? उस वक़्तमोदी के हिमायती क्या कहेंगे, जब एक दिन उनकी नींद खुलेगी और वे देखेंगे कि वे जिस गणतंत्र में रहा करते थे अब वह उनकी पहचान के परे जा चुका है।

इस नए संसार में मोदी ही इसके सर्वोच्च देव होंगे। जोसफ़ कैम्पबेल ने 'दि हीरो विद अ थाऊजेंड फ़ेसेज़' में एक तानाशाह के अहंकार का ज़िक्र करते हुए कहा है :

> एक तानाशाह का अफ़रा हुआ अहंकार उसके लिए भी और उसकी दुनिया के लिए भी एक अभिशाप होता है, चाहे उसके चारों तरफ़ तरक्की का साम्राज्य क्यों न दिखाई दे रहा हो। अपनी ही दहशत से कांपता, डर से भागता, हर बांह की जुंबिश पर चौंकता, अपने माहौल में किसी भी तरह की घुसपैठ का मुंहतोड़ जवाब देने के लिए मुट्ठियां ताने, ऐसी मुस्तैदी जो मूल रूप से ख़ुद अपने भीतर स्वप्राप्त स्वतंत्रता के महादानव के अनियंत्रित उद्वेगों को नियंत्रित करने की चाह का नतीजा भर है, यह तानाशाह दुनिया की तबाही का संदेशवाहक है हालांकि अपने दिमाग़ में भले ही वह बहुत मानवीय इरादों की कल्पना लिए घूम रहा हो।

क्या पता गालिब आज भी कहीं इस नज़्म को दोहरा रहे हों,

हस्ती के मत फ़रेब में आ जाइयो असद,
आलम तमाम हल्क़ा-ए-दाम-ए-ख़याल है।

बुरहान सॉनमेज़

एर्दोगान

एक नॉर्मल आदमी

पीड़ित

बात है वर्ष 1994 की। एक चुनावी जनसभा में एर्दोगान ने अपने विवाह के समय मिली अंगूठी निकालकर लोगों के सामने लहराई थी और आत्मश्लाघा के भाव से कहा था, 'मेरी सारी पूंजी बस यही है!' वहां प्रेस के लोग भी उपस्थित थे। पांच वर्ष बाद, 1999 में उन्होंने इसी बात को यों कहा था : 'यदि किसी दिन तुम्हें ये सुनाई पड़े कि तैय्यिप एर्दोगान अमीर हो गया है तो मान लेना कि वह पापपूर्ण कृत्यों में लिप्त हो चुका है'।

यही वह वर्ष था जब एक *पीड़ित* के रूप में एर्दोगान की ख्याति शिखर पर थी। उसी साल तुर्की की सरकार ने एर्दोगान को एक रैली में राष्ट्रवादी कवि स्वर्गीय ज़िया गोकल्प द्वारा एक शताब्दी पहले लिखी गई एक कविता पढ़कर सुनाने के अपराध में कारावास का दंड दिया था। कारण यह था कि एर्दोगान ने इस कविता में अपनी सुविधा के अनुसार परिर्वतन करके उसमें कुछ नयी बातें जोड़ दी थीं। देखें कि उन्होंने क्या जोड़ दिया था :

मस्जिदें हमारी बैरक हैं
गुंबद हमारे हेल्मेट हैं
मीनारें हमारी संगीन हैं
और धर्मावलंबी हमारे सिपाही हैं।

उस समय एर्दोगान इस्तांबुल के महापौर हुआ करते थे। इस कवितापाठ के फलस्वरूप देश की सेक्युलर-संवेदनशील न्यायपालिका का ध्यान स्वाभाविक रूप से उनकी ओर चला गया। उन्हें 10 माह के कारावास का दंड दिया गया। इस अवधि में से चार महीने उन्हें सचमुच जेल में बिताने पड़े थे। किंतु यह जेल कहने मात्र को एक जेल थी। उनके हेतु जेल को एक कार्यालय में रूपांतरित कर दिया गया था। यहां तक कि जेल में उन्हें एक सचिव की सेवाएं भी उपलब्ध थीं। हसन येसिल्दाग नाम के इस व्यक्ति ने जेल में जाने और एर्दोगान का स्वागत करने के लिए जानबूझकर एक छोटा-सा अपराध किया था। एर्दोगान के लिए एक स्पेशल वार्ड तैयार किया गया था जिसमें टीवी था, फ्रिज था, सोफ़ा था। प्रतिदिन आगंतुक एर्दोगान से मिलने आते थे। राष्ट्रीय और अंतर्राष्ट्रीय विभूतियां उनसे मिलने आती थीं। उनमें बड़े-बड़े लोगों की

इस रुचि से पता चलता है कि वे एर्रदोगान को तुर्की के राजनीतिक भविष्य का प्रमुख पात्र मान चुके थे।

कारावास से मुक्त होने पर एर्रदोगान ने सबसे पहले परंपरागत इस्लामी विमर्श में सांस ले रहे अपने राजनीतिक दल से पल्ला झाड़ लिया। एर्रदोगान ने एक नया सबक सीख लिया था। उन्होंने सीख लिया था कि इस्लामवाद को त्यागने की आवश्यकता नहीं है बल्कि उसके परंपरागत – और सीमांत – संस्करण से दूर जाने की आवश्यकता है। उन्होंने कहा कि वह बदल गए हैं परंतु उन्होंने यह कभी नहीं बताया कि उनकी विचारधारा का कौन सा भाग बदला है।

तुर्की की अर्थव्यवस्था और राजनीति के लिए ये भारी उथल-पुथल के साल थे। एर्रदोगान अंतराष्ट्रीय सेलेब्रेटीज़ से मिलते थे। वह जार्ज सॉरोस जैसे बड़े-बड़े लोगों से, और अमेरिका व अन्य देशों के निर्वाचित राजनेताओं से भेंट करते थे। उन्हें एक ऐसे उदार मुस्लिम नेता के रूप में देखा जा रहा था जो मध्य-पूर्व के देशों के लिए एक सकारात्मक उदाहरण प्रस्तुत कर सकता है।

वर्ष 2002 में एर्रदोगान के नए राजनीतिक दल – जस्टिस ऐंड डेवेलपमेंट पार्टी (एकेपी) – को चुनावों में आश्चर्यजनक सफलता मिली। यद्यपि उनकी पार्टी को मत तो केवल 34% ही मिले किंतु देश की राजनीतिक व्यवस्था के फलस्वरूप उन्हें संसद की 66% सीटें मिलीं। एर्रदोगान को लगभग सभी पश्चिमी सरकारों और यूरोपीय संघ का पूरा समर्थन प्राप्त था। उन्हें पश्चिम और इस्लाम की संस्कृतियों के बीच संतुलन और परिवर्तन के एक प्रतीक के रूप में ही नहीं अपितु एक सेतु के रूप में भी देखा जा रहा था। जब 2008 में एकेपी पर यह आक्षेप लगा कि उसने तुर्की गणराज्य के सेक्युलर सिद्धांतों की अवहेलना की है और देश के संवैधानिक न्यायालय में इस पर सुनवाई शुरू हुई तो कोई साधारण व्यक्ति नहीं बल्कि ग्रेट ब्रिटेन की महारानी एलिज़ाबेथ स्वयं उनसे मिलने और सहानुभुति जताने तुर्की आ पहुंचीं। वह तुर्की के राष्ट्रपति अब्दुल्ला गुल की राजकीय मेहमान बनीं। अब्दुल्ला गुल स्वयं एर्रदोगान का दाहिना हाथ रहे हैं। महारानी एलिज़ाबेथ की इस यात्रा को एर्रदोगान और उनकी सरकार के प्रति पश्चिमी विश्व के समर्थन के रूप में देखा गया। महारानी की यात्रा के दो माह के भीतर संवैधानिक न्यायालय ने एकेपी को भंग करने के प्रस्ताव को निरस्त कर दिया। न्यायालय ने बहुत क्षीण अंतर से यह निर्णय दिया था। पांच न्यायाधीशों ने पार्टी को भंग करने के पक्ष में और छह न्यायाधीशों ने इसके विरोध में अपना मत दिया था। जिन पांच न्यायाधीशों ने एकेपी को भंग करने के पक्ष में मत दिया था उनमें से चार का स्पष्ट मत था कि यह

पार्टी ही 'सेक्युलर-विरोधी गतिविधियों का केंद्र' है। किंतु इस बात से कोई फ़र्क़ पड़ने वाला नहीं था। पश्चिम के वरदहस्त के साथ एर्दोगान साफ़ बच निकले।

एर्दोगान अपने आपको एक विक्टिम, एक पीड़ित के रूप में देखते हैं। पिछले कुछ वर्षों के दौरान बहुत सारे पत्नकारों, सैनिक अधिकारियों और उनसे असहमति रखने वाले राजनेताओं के विरुद्ध झूठे और राजनीतिक दुर्भावना से प्रेरित मुक़दमे दायर किए गए हैं। इन लोगों की प्रताड़ना से एर्दोगान व्यथित नहीं होते। जब उनसे विरोधियों की हिरासत के बारे में पूछा जाता है तो वह व्यंग्यपूर्वक पूछते हैं : 'तुम उस समय कहां थे जब मुझे जेल भेजा गया था?' जी हां, सबको पीड़ा दी जा सकती है परंतु सब पीड़ित नहीं हो सकते। एकमात्न *वास्तविक पीड़ित* तो एर्दोगान ही हो सकते हैं। प्रारंभ में ऐसा लगा था कि वह एक राजनीतिक खेल खेल रहे हैं। अब ऐसा लगता है कि संभवतः यही एर्दोगान की वास्तविक सोच है। वह सचमुच स्वयं को एक पीड़ित के रूप में देखते हैं। पीड़ित एर्दोगान।

एर्दोगान उनकी परवाह नहीं करते जो उनके साथ नहीं हैं। 2011 में उन्होंने उत्तर-पूर्वी तुर्की के एक छोटे से कस्बे का दौरा किया था। यहां के लोग सरकार की पर्यावरण-विरोधी नीतियों का विरोध कर रहे थे क्योंकि उनके कारण इस पूरे क्षेत्न में बहुत भारी प्रभाव पड़ने लगे थे। पुलिस ने आंदोलनकारियों के हिंसक दमन का मार्ग चुना। इस कार्रवाई के फलस्वरूप एक स्कूल अध्यापक मारा गया। टेलीविजन पर एक लाइव कार्यक्रम में एर्दोगान से इसके बारे में प्रश्न पूछा गया था। प्रत्युत्तर में न तो उन्होंने कोई पश्चाताप दिखाया न ही स्कूल अध्यापक की मृत्यु पर उन्हें कोई दुख था। जब स्वयं एर्दोगान ही पीड़ित हैं तो भला और किसी को पीड़ित कैसे माना जा सकता था!

लगभग दो दशक पश्चात एर्दोगान ने फिर वही कविता पढ़ी जो कभी उनके कारावास का कारण बनी थी। इस बार किसी शासकीय विभाग ने उनका विरोध नहीं किया। अब पुलिस, सेना, न्यायपालिका, विश्वविद्यालय, मीडिया, सब उनके साथ है। अब कोई नहीं है जो उनकी अवहेलना कर सके।

यह वो चित्न है जहां से हमारी कहानी का आरंभ होता है और जहां अब यह समाप्त हो रही है।

मासूम

तुर्की के संविधान में कहा गया है कि राष्ट्रपति पद के प्रत्याशी के पास किसी उच्च

शिक्षा संस्थान से स्नातक की डिग्री होनी चाहिए। इसका अर्थ है कि जो व्यक्ति राष्ट्रपति बने, वह कम से कम चार वर्ष तक विश्वविद्यालय में रहा हो।

एर्दोगान ने वर्ष 1981 में अक्सारे हाई स्कूल ऑफ़ कॉमर्स से पढ़ाई की थी। उस समय वहां सर्वोच्च डिग्री अधिकतम दो वर्ष की हुआ करती थी। प्रधानमंत्री बनने के पश्चात एर्दोगान को राष्ट्रपति का पद अपनी पहुंच में दिखाई पड़ने लगा था। अस्तु, उन्होंने वक़्तव्य दिया कि उनके भूतपूर्व हाई स्कूल का अब मारमारा विश्वविद्यालय में विलय कर दिया गया है और उनका दो वर्षीय पाठ्यक्रम भी चार वर्षीय डिग्री में रूपांतरित कर दिया गया है। यह भ्रमित कर देने वाला विवरण था। तथ्य यह है कि एर्दोगान ने 1981 में अपनी शिक्षा पूरी कर ली थी। मारमरा विश्वविद्यालय की स्थापना इसके एक वर्ष पश्चात अर्थात 1982 में हुई और उसमें एर्दोगान के हाई स्कूल का विलय 1983 में हुआ। असंख्य पत्रकारों और सांसदों ने एर्दोगान द्वारा दिए गए इन विवरणों पर प्रश्न उठाए। उन्होंने एर्दोगान द्वारा प्रस्तुत किए गए प्रमाणपत्रों को भी उलट-पलट कर देखा। इन कागजों में कहीं कुछ गड़बड़ तो थी। कथित रूप से अस्सी के दशक में जारी किए गए इन प्रमाणपत्रों में कैलिब्री और मल्ग्रिन गॉथिक, इन दो फ़ॉन्ट्स का प्रयोग किया गया था। किंतु कैलिब्री फॉन्ट का जन्म 2005 में हुआ है जबकि मल्ग्रिन गॉथिक तो माइक्रोसॉफ्ट ने 2008 में जारी किया था।

एर्दोगान अपने बारे में और अपने अतीत के बारे में बात करते नहीं अघाते। उनकी कहानियों को सुनकर ऐसा लगता है कि वह उस लक्ष्य पर पहुंचने के लिए नियत थे जिस पर वे पहुंचे हैं। उनके पास अपने जीवन की असंख्य स्मृतियां हैं। उन्हें अपने विद्यार्थी जीवन की भी सारी बातें याद हैं – सिवाय विश्वविद्यालय में बिताए अपने दिनों के। कुछ पत्रकारों ने आवाह्न किया कि जो लोग एर्दोगान के साथ पढ़े हैं वे आगे आएं और उस समय के अपने अनुभव बताएं; या स्कूल में बिताए दिनों की कोई तस्वीर ही दिखा दें। खेद की बात है कि इस आवाह्न पर एक भी व्यक्ति सामने नहीं आया। बिल्कुल अंतिम क्षणों में मारमरा विश्वविद्यालय ने ही यह घोषणा कर दी कि एर्दोगान उनके विद्यार्थी रहे हैं यद्यपि इस विश्वविद्यालय की स्थापना एर्दोगान की शिक्षा संपन्न होने के दो वर्ष पश्चात हुई थी।

ख़ैर, एर्दोगान ने राष्ट्रपति पद का चुनाव लड़ा और चुनाव में सफलता भी प्राप्त की। क़ानूनन कोई भी उनके इस दावे को चुनौती नहीं दे सकता था कि उनके पास चार वर्षीय डिग्री है। एर्दोगान को यह बिल्कुल बर्दाश्त नहीं है कि कोई इस विषय में उनसे कोई प्रश्न पूछे।

अपने प्रतिद्वंद्वियों को कारावास की कोठरियों में ढकेलना उन्हें प्रिय है। फिर भी, 'फ़र्ज़ी डिप्लोमा' एकमात्र ऐसा विषय है जिसको हवा देने के बाद भी आप जेल नहीं जाएंगे। इसका कारण यह है कि यदि वह आरोपी के विरुद्ध न्यायालय में जाते हैं तो उन्हें न्यायालय के समक्ष औपचारिक रूप से यह सिद्ध करना पड़ेगा कि उनका डिप्लोमा असली है। एर्दोगान एक ऐसे मार्ग पर फंसे हुए हैं जो वापस नहीं आता परंतु अभी तक इससे उनको कोई हानि नहीं पहुंची है।

व्यवहार के धरातल पर आज एर्दोगन *दोषसिद्धि* की आशंका से मुक्त हैं। बल्कि वह अपने विशाल हाथों से किसी को भी मसल सकते हैं। अब क़ानून की संस्थाएं भी न तो उन पर और न ही उनके संबंधियों पर कोई प्रश्न उठा सकती हैं। कुछ वर्ष पूर्व जब उनके बेटे पर मनी लॉन्ड्रिंग अर्थात हवाला के माध्यम से पैसे के लेन-देन का आरोप लगा तो उन सभी अधिकारियों को पद से हटा दिया गया जिन्होंने उसके विरुद्ध साक्ष्य जुटाने का दुस्साहस दिखाया था। पिछले वर्ष जब कुछ हैकर्स ने उनके दामाद के ईमेल संदेश लीक कर दिए थे और उसकी करतूतें दुनिया की दृष्टि में आ गई थीं तो उन दस्तावेज़ों का प्रयोग करने या उनको उद्धृत करने वाले तुर्की के पत्रकारों को जेल में डाल दिया गया था। स्थानाभाव के कारण यहां उनके ऐसे ही बहुत सारे अन्य कारनामों का उल्लेख करना संभव नहीं है। उदाहरणार्थ, चुनावों के दौरान जोड़तोड़ और चोरी का सहारा लेना, या अपने सबसे प्रभावी विरोधी, कुर्दिश नेता सेलहातिन देमिर्तास को जेल भिजवा देना। देमिर्तास ने जेल में रहते हुए एक कविता लिखी जिसका शीर्षक था *कॉन्टेजियस ब्रेवरी* अर्थात 'संक्रामक वीरता'। यह कविता प्रकाशित नहीं हो पाई। एक सरकारी वकील द्वारा दायर किए गए वाद के प्रत्युत्तर में इस पर पाबंदी लगा दी गई थी। एर्दोगान देमिर्तास को एक ज़ीलट कहते हैं मगर अपने श्रोताओं को याद दिलाना नहीं भूलते कि उन्हें एक कविता पढ़ने के जुर्म में क़ैद कर लिया गया था। आप तो समझते ही हैं कि एक मात्र पीड़ित सिर्फ़ एर्दोगान हैं। पीड़ित होने के इस सुख को वह किसी के साथ बांटना नहीं चाहते।

एर्दोगान का मस्तिष्क दो भागों में काम करता है, दो भिन्न ढंग से। हाल ही में उन्होंने कहा था कि जो पढ़ने के लिए विदेश जाते हैं वे विदेशी शक्तियों के एजेंट बनकर लौटते हैं। यथा : 'वे स्वेच्छापूर्वक पश्चिम के एजेंट और समर्पित शिष्य बन जाते हैं'। विडंबना यह है कि एर्दोगान के चार बच्चे भी विदेश में पढ़े हैं। उनकी दो बेटियां इंडियाना विश्वविद्यालय में गई थीं जबकि उनके बेटे हार्वर्ड विश्वविद्यालय और लंदन स्कूल ऑफ़ एकॉनमिक्स के छात्र रहे हैं। परंतु इससे एर्दोगान पर कोई फ़र्क़ नहीं पड़ता।

पीड़ित सदैव निर्दोष ही होता है। वह कभी ग़लती नहीं करता। यदि उससे कोई चूक हो भी जाती है तो इसका आक्षेप भी किसी और को ही ढोना चाहिए। सनातन पीड़ित को नहीं। एर्दोगान एक समय में सीरिया के बशर अल-असद के जिगरी यार हुआ करते थे। दोनों के परिवार साथ-साथ छुट्टियां बिताते थे। जब अमेरिका और सऊदी अरब अमीरात ने सीरिया पर मिलकर आक्रमण किया तो एर्दोगान ने भी उसमें भाग लिया था। उन्होंने असद पर निजी आक्षेप भी लगाए। उन्होंने कहा था, 'उसने मुझसे झूठ बोला था; उसने मुझे धोखा दिया है'। निजी धोखे का यह शब्दजाल अब एक आम बात बन गया है। जर्मनी की एंजेला मार्केल और अमेरिका के बराक ओबामा के साथ अपने धूप-छांह संबंधों के प्रसंग में भी एर्दोगान ने इसी प्रकार के जुमलों का बार-बार सहारा लिया है।

परंतु, सबसे बड़ा *छल* किसी विदेशी नेता द्वारा नहीं बल्कि एर्दोगान के ही एक पुराने और निकट सहयोगी ने किया है। फ़ेतुल्ला ग्यूलेन के नेतृत्व में चल रहे ग्यूलेन आंदोलन ने। ग्यूलेन और उनका आंदोलन दो दशक तक एर्दोगान के सबसे बढ़िया मददगार रहे हैं। तुर्की और दूसरे देशों में रहने वाले तुर्की लोगों के लिए यह सबसे बड़ा इस्लामिक आंदोलन है। ग्यूलेन स्वयं भी दक्षिणपंथी पृष्ठभूमि से आते हैं। उन्होंने 1980 में सैनिक तख्तापलट का समर्थन किया था और अमेरिका के साथ उनके संबंध सौहार्दपूर्ण रहे हैं। वह अब अमेरिका में ही रहते हैं। यह कहना अतिशयोक्ति न होगा कि ग्यूलेन इक्कीसवीं शताब्दी में तुर्की के सबसे प्रभावशाली व्यक्ति रहे हैं। एक लंबी दृष्टि और शक्तिशाली संगठन के बल पर ग्यूलेन अपने देश के सभी महत्वपूर्ण पदों पर रह चुके हैं। विश्वविद्यालय, पुलिस बल, सेना और न्यायपालिका, सभी संस्थाओं में उनका नियंत्रण रहा है। संसद में, दूतावासों में और मीडिया में उनके अनुयायियों की कमी नहीं है।

ग्यूलेन ही थे जिन्होंने एर्दोगान को परंपरागत इस्लामिक राजनीतिक पार्टी और विचारधारा को छोड़कर एकेपी के रूप में एक नए राजनीतिक दल की स्थापना का सुझाव दिया था। ग्यूलेन ही थे जिन्होंने एर्दोगान का अमेरिका सहित समूची पश्चिमी दुनिया से परिचय कराया था। ग्यूलेन ही थे जो एर्दोगान को इस क्षेत्र में परिवर्तन और सुधार के आश्वासन के रूप में प्रस्तुत किया करते थे। उनकी प्रेरणा से एर्दोगान भी देखते-देखते उदारवादी भाषा बोलने लगे थे। वह लोकतंत्र का समर्थन करने लगे, सहिष्णुता और न्याय जैसे विषयों पर बोलने लगे थे। यहां तक कि वह वर्ग संबंधों और एलजीबीटी समुदाय के अधिकारों तक की बात भी करने लगे थे।

ख़ैर, उनके 'पावन' गठबंधन के दूसरे दशक में एर्दोगान और ग्यूलेन को यह दिखाई देने लगा था कि अब हर वस्तु पर क़ब्ज़ा कर लेने, तुर्की के हर संस्थान को अपने शिकंजे में ले लेने का समय आ गया है। परंतु असली प्रश्न यह था- शिकंजा किसका होगा? यह प्रश्न गंभीर रूप लेता गया और गठबंधन में तनाव की लहरें उठने लगीं; दरार बढ़ती गई।

दिसंबर 2013 में पुलिस और अभियोजन विभाग ने इस विषय में कुछ सूचनाएं प्रकाशित कीं कौन-कौन से नेता राजनीतिक और व्यवसायिक घूसखोरी व भ्रष्टाचार में लिप्त रहे हैं। लगभग इसी समय इन लोगों के बीच हुई बातचीत की रिकॉर्डिंग्स भी लीक कर दी गईं। इस सूची में एर्दोगान मंत्रिमंडल के चार मंत्रियों के भी नाम आए। कुछ ही दिन बाद एर्दोगान और उनके बेटे के बीच हुई बातचीत की रिकॉर्डिंग भी लीक कर दी गई जिसमें वे दोनों हवाला के माध्यम से पैसे के अवैध लेनदेन के बारे में बात करते हुए पाए गए थे। इस घटनाक्रम को ग्यूलेन ख़ेमे की ओर से जवाबी कार्रवाई के रूप में देखा गया क्योंकि ग्यूलेन आंदोलन की पैठ पुलिस और अभियोजन विभाग में ही नहीं अपितु न्यायपालिका में भी बहुत गहरी थी। एर्दोगान ने बहुत तीखी प्रतिक्रिया दी। इस मामले से जुड़े सभी पुलिस अधिकारियों, अभियोजकों और न्यायाधीशों को तत्काल उनके पदों से निलंबित कर दिया। उन्हें अपने मंत्रिमंडल के उन चार मंत्रियों को भी हटाना पड़ा जिनका नाम इन टेप्स में आया था।

एर्दोगान और उनके बेटे पर रत्ती भर भी आंच नहीं आने पाई। इसी तरह दो और महत्वपूर्ण व्यक्ति निष्कलंक निकल गए। इनमें से एक थे रज़ा ज़र्राब जोकि ईरान के एक व्यवसायी हैं और भ्रष्टाचार व घूसखोरी के केंद्र में रहे हैं। उन पर ईरान और तुर्की के बीच स्वर्ण तस्करी का आरोप था। उनको गिरफ़्तार तो किया गया मगर एर्दोगान के आदेश पर रिहा भी कर दिया गया। दूसरे सज्जन थे हाल्कबैंक के निदेशक सुलेमान अस्लान। उनके घर में जूतों के डिब्बों में करोड़ों डॉलर बरामद किए गए थे। उनको गिरफ़्तार कर लिया गया। एर्दोगान ने उनको भी रिहा कराया। उनके विरुद्ध क़ानूनी कार्रवाइयों को रोकने के लिए चुन-चुन कर पुलिस अधिकारी और न्यायाधीश नियुक्त किए गए।

एर्दोगान और ग्यूलेन के बीच यह खींचतान आसानी से समाप्त नहीं हुई। 2016 में ग्यूलेन के लोगों ने अपना अंतिम प्रयास किया। उन्होंने सैनिक तख़्तापलट का प्रयास किया जो सफल नहीं हो सका। चूंकि एर्दोगान को इस षड्यंत्र का पहले ही पता चल गया था इसलिए उन्होंने तख़्तापलट के पूरे नाटक को चलने दिया। जब तख़्तापलट

विफल हो गया क्योंकि अधिकारियों और सरकार को पहले ही पता था कि ऐसा होने वाला है तो एर्रदोगान ने इसकी आड़ लेते हुए ग्यूलेन आंदोलन पर धावा बोल दिया। जिस समय सड़कों पर सैकड़ों लोगों की जान जा रही थी, उसी समय वह प्रेस से बात कर रहे थे। उन्होंने कहा : यह हमारे लिए परमात्मा का एक अभूतपूर्व उपहार है। एर्रदोगान ने इस उपहार का भरपूर लाभ उठाया। आपातकाल की घोषणा करके उन्होंने अपने सारे विरोधियों को कुचलना शुरू कर दिया। सरकार ने यूरोपियन कन्वेंशन ऑन ह्यूमन राइट्स (ईसीएचआर) को निरस्त कर दिया और गिरफ़्तार लोगों की हिरासत की अवधि दो दिन से बढ़ाकर तीस दिन कर दी गई। एर्रदोगान सरकार ने 1,50,000 सरकारी कर्मचारियों को भी नौकरी से निकाल दिया। देखते-देखते पूरी शासन संरचना चरमरा गई। निकाले गए लोगों में 5,800 विश्वविद्यालयी अध्यापक और 51,000 स्कूल अध्यापक भी थे। इस सफ़ाया अभियान से सेना और पुलिस बल भी नहीं बच पाए। राज्य की प्रत्येक संस्था इस अभियान का निशाना बनी। उनकी सरकार न केवल पत्रकारों की सबसे बड़ी जेलर सबित हुई (अंतिम गिनती के समय जेल में 170 पत्रकार बंद थे) अपितु अब उनकी सरकार वकीलों के भी पीछे पड़ गई थी (1,000 वकील भी जेल जा चुके हैं)। एक दर्जन सांसदों के साथ-साथ लगभग अस्सी महापौर भी जेल के सींख़चों के पीछे ढकेल दिए गए। ये सारे नेता कुर्दिश समर्थक पीपुल्स डेमोक्रेटिक पार्टी (एचडीपी) के लोग थे। यह देमिर्तास की पार्टी थी, वही देमिर्तास जिन्होंने जेल में अपनी कविता लिखी थी।

अब तुर्की इन दो इस्लामी ताक़तों के बीच छिड़े संघर्ष में जूझ रहा है। जब एर्रदोगान और ग्यूलेन के लोगों में परस्पर मार-काट होने लगी तो इसकी आड़ में सबसे पहले वामपंथी संगठनों और कुर्दिश विपक्षी दलों को निशाना बनाया गया। नौकरी से निकाले गए अधिकांश स्कूली अध्यापक तथा बंद किए गए लगभग सभी मीडिया संस्थान प्रगतिशील आंदोलन से संबद्ध रहे हैं। 2016 के 'विफल तख़्तापलट' के बाद से ही यह देश स्थायी आपातकाल की स्थिति में रहा है। संसद को अप्रासंगिक बना कर एर्रदोगान स्वयं शासन चला रहे हैं। संसद केवल नाममात्र की विधायी संस्था रह गई है, वास्तव में उसके पास नीति निर्धारण की कोई शक्ति नहीं है। एर्रदोगान अपने नवनिर्मित व्हाइट पैलेस अर्थात श्वेत महल से शासन चलाते हैं। उनके महल ने तुर्की की संसद को बिल्कुल दबा दिया है। एर्रदोगान ने जो किया है वह ग्यूलेन का स्वप्न हुआ करता था। अब यह एर्रदोगान का यथार्थ है। यह एक ऐसा स्वप्न है जिसने संपूर्ण देश को एक दुःस्वप्न में धकेल दिया है।

एर्दोगान और ग्यूलेन के बीच अंतिम साझेदारी मई 2016 के गेज़ी पार्क विद्रोह के समय दिखाई दी थी। उस समय लाखों लोग दो सप्ताह तक सड़कों पर जमे रहे थे। देश भर के लोग इस्तांबुल के बीचोंबीच स्थित छोटे से गेज़ी पार्क को एक चमकदार शॉपिंग मॉल में रूपांतरित करने की एर्दोगान की योजना का विरोध करते हुए दो सप्ताह तक सड़कों पर आंदोलनरत रहे थे। गेज़ी पार्क के प्रश्न पर पैदा हुए जनप्रतिरोध से जनता की आवाज़ और मुखर हुई परंतु धार्मिक शासन के लंबे साये ने उसको शांत करा दिया था। सभी स्वेच्छाचारी नेताओं की तरह एर्दोगान ने भी दो प्रचलित शस्त्रों का सहारा लिया : हिंसा और छल। जिस समय उन्होंने पुलिस को ग्यूलेन समर्थकों के साथ मिलकर आंदोलनकारियों का दमन करने के आदेश दिए थे, उसी समय उन्होंने सार्वजनिक रूप से यह घोषणा भी कर दी कि गेज़ी पार्क के स्थान पर शॉपिंग मॉल बनाने की उनकी कोई योजना है ही नहीं। देखते-देखते 5,000 लोग गिरफ़्तार कर लिए गए, 4,000 लोग घायल हुए और आठ नौजवानों को जान से हाथ धोना पड़ा। किंतु यह सारा बलिदान व्यर्थ भी नहीं गया। गेज़ी पार्क को बचा लिया गया।

जब पुलिस पर अतिरेक और बल प्रयोग के आरोप लगाए गए और पुलिस की निंदा हुई तो एर्दोगान पुनः मंच पर अवतरित हुए और अपनी चिरपरिचित निर्मम भाषा का सहारा लिया। 'वे पूछते हैं कि पुलिस को आदेश किसने दिया था। मैंने। मैंने दिया था आदेश'। उन्होंने आरोप लगाया कि आंदोलनकारी अर्थव्यवस्था को नष्ट कर रहे थे। उन्होंने दावा किया कि आंदोलनकारियों के कारण ही अमेरिकी डॉलर का मूल्य 1.8 से 1.9 टर्किश लीरा तक पहुंच गया है। उन्होंने आंदोलनकारियों को देश का शत्रु घोषित कर दिया।

आज स्थितियां और भी अधिक निराशाजनक हैं। अब डॉलर का मूल्य 4 टर्किश लीरा तक पहुंच गया है। इसके लिए भी एर्दोगान औरों की ही ग़लती बताते हैं। उनकी अपनी कोई जवाबदेही नहीं बनती। उनकी नीतियां निर्दोष हैं, वह निर्दोष हैं।

नॉर्मल

कुछ वर्ष विदेश प्रवास के पश्चात जब मैं तुर्की लौटा तो मुझे स्मार्टफ़ोन की दुकान में जाना पड़ा। मुझे अपने सेलफ़ोन के लिए एक चार्जर ख़रीदना था। दुकानदार ने मुझे एक मंहगा चार्जर थमाते हुए कहा कि यह 'ऑरिजनल' है। मैंने कहा, 'परंतु यह तो मंहगा है'। उसने कहा, 'तो मेरे पास एक और है, पांच गुना सस्ता वाला'। मैंने पूछा

'ओके, अगर यह वाला ऑरिजनल है तो वो वाला कौन-सा है?' उसने उत्तर दिया, 'वो नॉर्मल (सामान्य) वाला है'।

इस तरह के मोबाइल फ़ोन को सामान्यतः 'नकली' या 'कृत्रिम' कहा जाता है। परंतु वह अतीत की बात थी। अब यही सामान्य फ़ोन है। हमारी भाषा में यह परिवर्तन इस बात का द्योतक है कि हमारी राजनीति और हमारी संस्कृति में कितना कुछ बदल चुका है। चूंकि असली और सच्ची वस्तुएं नष्ट हो चुकी हैं इसलिए जो भी नक़ली है, फ़र्ज़ी है वही उनकी जगह लेकर 'सामान्य' बन गया है।

नई शताब्दी में एर्रदोगान इसी 'सामान्य' का पर्याय हैं। उनका शासन मुस्तफ़ा कमाल अतातुर्क के शासनकाल से लंबा जा चुका है जिन्होंने आधुनिक तुर्की गणराज्य की स्थापना की थी। अतातुर्क 1923 से 1938 तक देश के सत्ता प्रमुख थे। एर्रदोगान अपनी तुलना अतातुर्क से करते हुए वर्षों की इस गिनती का उल्लेख करना कभी नहीं भूलते। उनका मानना है कि एक शताब्दी पूर्व अतातुर्क और उनके कॉमरेड्स द्वारा ऑटोमन साम्राज्य का ध्वंस एक भूल थी। इसी आधार पर एर्रदोगान ने अतातुर्क की उपलब्धियों को उलटने और ऑटोमन साम्राज्य की पुनर्स्थापना का एतिहासिक दायित्व अपने कंधों पर ले लिया है। कम से कम उनका ऐसा ही विश्वास है और उनके अनुयायी यही चाहते हैं। वे एर्रदोगान को न केवल तुर्कों बल्कि मुसलमानों के राष्ट्र की स्थापना के लिए भेजा गया दूत मानते हैं।

एर्रदोगान के मुखर समर्थक आधुनिक तुर्की गणराज्य को ऑटोमन साम्राज्य और एक भिन्न प्रकार के साम्राज्य के मध्य पड़ने वाले एक 'कोष्ठक' काल के रूप में देखते हैं। उनका मानना है कि यह 'कोष्ठक' एक रहस्यमयी वाक्य को खोलता है और अब उस वाक्य को पूरा करने का समय आ गया है। एर्रदोगान का कहना है कि इतिहास के इस युग को समाप्त करने के लिए अर्थात 'कोष्ठक' के भीतर की अवधि से पार जाने के लिए किसी क़ानून का सम्मान करने की कोई आवश्यकता नहीं है। उनका कहना है कि यह क़ानून तो 'दो पियक्कड़ों' ने बनाया था इसलिए इसका भला क्या सम्मान करना। 'दो पियक्कड़' से उनका आशय अतातुर्क और उनके मित्र इस्मत इनोनू से है, जो अतातुर्क की मृत्यु के बाद देश के राष्ट्रपति बने थे। प्रसंग ये है कि इन दोनों को तुर्की में अत्यंत लोकप्रिय *राकी* नामक दूधिया शराब के प्रति उनके लगाव के लिए भी जाना जाता है।

ऐसा लगता है कि पीने वालों से एर्रदोगान को विशेष आपत्ति है। 1989 में उन्होंने इस्तांबुल के बीयोग्लू ज़िले के महापौर का चुनाव लड़ा था। वे यह चुनाव हार गए थे। तत्पश्चात उन्होंने चुनाव परिणाम पर आपत्ति व्यक्त करते हुए उसे अदालत में चुनौती

दी। जब ऐसा लगा कि न्यायाधीश एर्दोगान के विरुद्ध फ़ैसला देने वाला है तो एर्दोगान ने उन्हें भी पियक्कड़ की उपाधि दी थी। परिणामतः उन्हें सप्ताह भर जेल की हवा खानी पड़ी और जुर्माना भी चुकाना पड़ा।

एर्दोगान का रुढ़िवादी राजनीतिक विश्व दृष्टिकोण एक बात है मगर उनका मिज़ाज अलग चीज है। उसको संभालना सरल बात नहीं है। अफवाहों को मानें तो वह अपने कई कैबिनेट मंत्रियों को तमाचा जड़ चुके हैं। साधारण नागरिकों पर उनके द्वारा किए गए या कराए गए हमले तो सर्वविदित ही हैं। 2014 में तुर्की में एक भीषण खान दुर्घटना हुई थी जिसमें 301 खनिक जीवित दफ़न हो गए थे। बताया जाता है कि यह दुनिया में सबसे बड़ी खान दुर्घटना थी। यह दुर्घटना अमानवीय कार्य परिस्थितियों का परिणाम थी। वस्तुतः खान के भीतर कार्य परिस्थितियों पर कोई ध्यान नहीं दिया जाता था। इस दुर्घटना के कुछ दिन बाद एर्दोगान ने उस कस्बे का दौरा किया जहां इन खनिकों के परिवार रहते थे। जैसा कि स्वाभाविक था, पूरा कस्बा एर्दोगन के विरुद्ध सड़कों पर उतर आया था। हवा में एर्दोगान विरोधी नारे गूंज रहे थे। स्थिति इतनी गंभीर थी कि स्वयं एर्दोगान को भी एक दुकान में जाकर छिपना पड़ा। परंतु इस पर भी वह अपनी आदत से लाचार थे। यहां भी एर्दोगान ने एक प्रदर्शनकारी को पकड़कर उसको पीट डाला। पीटते हुए वह चीख रहे थे, 'तू किसी यहूदी का बीज है'। संयोगवश, दुकान में मौजूद किसी व्यक्ति ने इस हमले का विडियो बना लिया था जो देखते-देखते सोशल मीडिया प्लेटफॉर्म्स पर छा गया था। इस की बहुत सारी तस्वीरों की तरह यह क्लिप भी बहुत जल्दी ही सोशल मीडिया से ग़ायब हो गई थी। कहां गई, पता नहीं चला। एर्दोगान के साइबर-फ़ार्म में अपना काम बड़ी निष्ठा से पूरा कर दिया था। उनके साइबर फ़ार्म के कामगार इंटरनेट से हर उस वस्तु को ग़ायब कर देते हैं जो एर्दोगान के विरुद्ध होती है। यहां तक कि एर्दोगान के कई भाषण भी अब कहीं नहीं मिलते। पैसे छिपाने के मामले में उनके बेटे के साथ उनकी बातचीत और बहुत सारी दूसरी रिकॉर्डिंग्स भी अब ग़ायब हो चुकी हैं। तुर्की में विकीपीडिया सहित हज़ारों उपयोगी वेबसाइट् निषिद्ध हैं। यहां ट्विटर और फ़ेसबुक पर जब भी ऐसा संदेश आता है जो एर्दोगान के विरुद्ध हो या आक्रामक हो तो इन प्लेटफॉर्म्स को निषिद्ध घोषित कर दिया जाता है। यह तुर्की का सामान्य *वर्तमान* है।

एर्दोगान ने अपना जीवन एक रुढ़िवादी इस्लामिक के रूप में प्रारंभ किया था। फिर वह स्वयं को एक उदार इस्लामी बताने लगे। अब वह एक नए प्रकार का *सुल्तान* बनने की ओर अग्रसर हैं। यह एक लंबी यात्रा रही है – समाज की परंपरागत निरंकुशवादी

व्यवस्थाओं और राज्य व्यवस्था में मौजूद परंपरागत निरंकुशवादी व्यवस्था को नियंत्रण में लेने के साथ-साथ राज्य और समाज, दोनों जगह नए तरह के संस्थानों की रचना करके अपनी सत्ता को सुदृढ़ बनाना।

सत्तर के दशक में एर्दोगान इस्लामिस्ट एमएसपी, नेशनल साल्वेशन पार्टी (राष्ट्रीय मुक्ति पार्टी), की युवा शाखा से जुड़े हुए थे। 1980 में सैन्य तख़्तापलट ने तुर्की के राजनीतिक पटल की सूरत बदल दी थी। इस तख़्तापलट के नेताओं ने 6,50,000 लोगों को गिरफ़्तार किया था, संसद को बंद कर दिया था, ट्रेड यूनियनों पर प्रतिबंध लगा दिए थे और प्रकाशन संस्थानों को बंद कर दिया था। दक्षिणपंथी और धार्मिक क़िस्म के राजनीतिक दलों सहित सभी प्रकार के राजनीतिक दलों पर प्रतिबंध लगा दिया गया था। यों तो यह तख़्तापलट दक्षिणपंथी शक्तियों ने ही किया था किंतु इसके नेता दक्षिणपंथी पार्टियों को सहन करने को भी तैयार नहीं थे। यह तुर्की के समाज का दम घोंट देने वाली घटना थी। मध्यपूर्व और दक्षिण एशिया में अमेरिका कथित ग्रीन बेल्ट (हरी पट्टी) की नीति पर काम कर रहा था। इस नीति के अंतर्गत अमेरिका कम्युनिस्टों के प्रभाव को ख़त्म करने के लिए इस्लामिक तत्वों को हवा देने में लगा हुआ था चाहे वे कितने भी चरमपंथी क्यों न हो। एर्दोगान की राजनीतिक रूपरेखा इसी काल में विकसित होती है। उनका *सामान्य* वास्तव में सम्राज्यवादी पश्चिम और इस्लामिक पूर्वी दुनिया के घातक मिश्रण से पैदा हुआ सामान्य है।

जब 2015 में एर्दोगान ने तुर्की की संसद के प्रवक़्ता के रूप में इस्माइल केहरामन को चुना तो किसी को अचंभा नहीं हुआ था। केहरामन चरम दक्षिणपंथी पार्टी एकेपी से आते हैं। उनकी पूरी युवावस्था ऐसे साम्राज्यवाद विरोधी युवाओं के विरुद्ध मोर्चेबंदी में बीती थी जो साठ के दशक में इस्तांबुल में अमेरिकी युद्धक पोतों को आने से रोकना चाहते थे।

सेना तुर्की के समाज और राजनीति में विद्यमान प्रगतिशील स्रोतों को कुचल चुकी है। सेवियत संघ के पतन के बाद तो वामपंथियों पर हमला और भी भयानक रूप लेने लगा था। सेना और अमेरिका की देखरेख में लंबे समय से सींचा जा रहा इस्लामवाद का पौधा अब तुर्की की राजनीति में एक विशाल वटवृक्ष बन गया था। सन 1994 में एर्दोगान जैसा साधारण हैसियत का राजनीतिज्ञ देश के सबसे बड़े शहर इस्तांबुल के महापौर के पद पर जा पहुंचा। उसकी भाषा में धर्मनिरपेक्षता-विरोधी भाषा ('कोई भी व्यक्ति एक मुसलमान और धर्मनिरपेक्ष, दोनों नहीं हो सकता'), महिला-विरोधी भाषा ('मर्द और औरत बराबर नहीं हो सकते। यह प्रकृति के क़ानून के विरुद्ध है')

तथा शासकवर्गीय विचारधारा ('हम आपातकाल का प्रयोग अपने व्यवसाय जगत के लाभ के लिए करते हैं। जब श्रमिकों की हड़ताल की संभावना दिखाई देती है तब हम आपातकाल की घोषणा करके तत्काल उसको रोक सकते हैं') की अनुगूंज साफ़ सुनाई पड़ती थी।

उनके समर्थक इसे *अमूल्य एकाकीपन* की अवस्था कहते हैं। उनका कहना है कि यही तुर्की का भाग्य है। वे कहते हैं कि पश्चिमी जगत एक विश्व ऐतिहासिक नेता के रूप में एर्दोगान की ख्याति से जलता है। पश्चिमी जगत मानवता के आकाश पर चमक रहे तुर्की और मुस्लिम राष्ट्र के इस सितारे को उगने से पहले ही दबा देना चाहता है।

एर्दोगान और मीडिया में बैठे उनके लोग एकाकीपन की, अमूल्य एकाकीपन की भाषा का बार-बार उल्लेख करते हैं। जो भी एर्दोगान के विरुद्ध है उसे राष्ट्र के विरुद्ध घोषित कर दिया जाता है। यह लोकलुभावनवाद का एक ऐसा फ़ॉर्मूला है जिसे अमेरिका से लेकर फ़िलीपींस तक, अभी भी नित नए हिमायती मिलते जा रहे हैं।

एक ख़ास मुकाम पर फ़र्ज़ी ही सामान्य और असली बन जाता है, पागलपन स्वाभाविकता का स्थान ले लेता है।

भाग्यशाली

खोजी पत्रकार आहमत शिक अधिकृत संस्थानों में ग्यूलेन आंदोलन की गुप्त संरचना पर एक किताब लिख रहे थे। जब वह अपनी किताब लिख रहे थे उसी दौरान पुलिस ने उन्हें गिरफ़्तार कर लिया और उनकी पांडुलिपि भी ज़ब्त कर ली जिसका शीर्षक था, *दि इमाम्स आर्मी* (इमाम की सेना)। यह बात 2011 की है। यह गिरफ़्तारी ग्यूलेन आंदोलन को बचाने के लिए की गई कार्रवाई दिखाई देती थी। इसके साथ एर्दोगान एक बार फिर मंच पर छा जाते हैं। यह ग्यूलेन से उनके झगड़े के छह साल पहले की बात थी। अहमद शिक की गिरफ़्तारी और कारावास के समर्थन में उन्होंने कहा था, 'कुछ किताबें बमों से भी घातक होती हैं'।

वर्ष 2016 के 'विफल तख़्तापलट' के कुछ समय बाद एक मस्जिद में तख़्तापलट के हताहतों के अंतिम संस्कार की तैयारी की जा रही थी। एर्दोगान भी मस्जिद में उपस्थित थे। इस अवसर पर एक इमाम ने उपदेश दिया जिसमें तख़्तापलट के रचनाकारों की नहीं अपितु पढ़े-लिखे लोगों की निंदा की गई थी। उसने कहा, 'या अल्लाह, पढ़े-लिखे लोगों की शैतानी से हमारी रक्षा करो'। यह वाक्य संयोग से नहीं कहा गया था। जब एर्दोगान के समर्थक एक प्राध्यापक ने टेलीविज़न पर एक कार्यक्रम में कहा था

कि 'सबसे अधिक गद्दार पढ़े-लिखे लोगों में ही मिलते हैं' तो इसे बिल्कुल सामान्य बात मान लिया गया था। किसी ने इस बात पर प्रश्न उठाना आवश्यक नहीं समझा था। जब यह एक सामान्य वक्तव्य है तो उस पर आपत्ति कौन उठाएगा?

वामपंथी समूह और दल, ट्रेड यूनियन, विद्यार्थी, पत्रकार, लेखक, नाना प्रकार के बुद्धिजीवी आदि एर्रदोगान के विरोध में सबसे प्रतिबद्ध साबित हुए हैं। कुर्दिश प्रतिरोध आंदोलन इसकी अग्रिम पंक्ति में खड़ा दिखाई पड़ता है। यह एकजुटता तुर्की में लोकतांत्रिक संभावनाओं का मार्ग खोलती है। यदि इन सारे लोगों को अभी तक सफलता नहीं मिल पाई है तो इसका कारण यह है कि वे कभी भी एर्रदोगान की सरकार के विरुद्ध एकजुट नहीं हुए हैं। विभिन्न कारणों से वे अलग-अलग बंटे रहे हैं। उनकी इसी फूट और विभाजन से एर्रदोगान को असाधारण सुविधाजनक स्थिति मिल जाती है।

एर्रदोगान ने अपने लिए एक व्हाइट पैलेस बना लिया है। उसमें एक हज़ार कमरे हैं। यह व्हाइट पैलेस भांति-भांति की बहसों का केंद्र रहा है। न केवल इसे सफ़ेद हाथी की तरह देखा जा रहा है बल्कि यह सरकारी धन से अवैध ढंग से बनाया गया महल है। न तो एर्रदोगान और उनकी सरकार ने इसके निर्माण के लिए किसी सरकारी संस्था से अनुमति के लिए आवेदन किया और न ही उन्होंने तुर्की की राजधानी अंकारा के बीचोंबीच इस भव्य महल के निर्माण के लिए किसी अधिकृत परमिट के लिए अर्जी दी। यदि एर्रदोगान सामान्य हैं तो उनकी हर करतूत भी सामान्य होगी। अगर वही नियम हैं तो उनकी बनवाई इमारत भी नियम होगी। किसी इंस्पेक्टर या न्यायाधीश के पास इतना साहस कहां कि वह इस भव्य भवन का परमिट मांगे। न ही कोई एर्रदोगान से यह पूछ सकता है कि उनके पास इतनी विपुल संपदा आई कहां से है? उनके पास तो विवाह की अंगूठी के अलावा कुछ भी नहीं था। अब उनकी गणना संसार के सबसे धनी राजनेताओं में की जाती है। 2014 में उन्होंने बताया था कि उनकी संपत्ति कई मिलियन डॉलर से अधिक हो चुकी है। यह वही साल था जब एर्रदोगान के लिए हानिकारक सारे विडियो ग़ायब होने लगे थे और जिनमें से एक विडियो वह भी था जिसमें एर्रदोगन आश्वासन दे रहे हैं कि 'यदि किसी दिन तुम्हें ये सुनाई पड़े कि तैय्यप एर्रदोगान अमीर हो गया है तो मान लेना कि वह पापपूर्ण कृत्यों में लिप्त हो चुका है'। अब 'एर्रदोगान' विकीलीक्स और *स्यूद्युत्श्ने त्साइतुंग* (पनामा पेपर्स) जैसे लीक हो गए दस्तावेज़ों में भी बहुत जाना-माना नाम बन गया है। जब एक पत्रकार ने एर्रदोगान से पूछा कि उनके बेटे ने पानी का जहाज कैसे ख़रीदा है तो उन्होंने उत्तर दिया था, 'एक जलपोत और एक डोंगी में फ़र्क़ होता है'। उनकी निजी संपत्ति आसमान छू रही है जबकि राष्ट्रीय

अर्थव्यवस्था धराशायी हो चुकी है। 2017 में तुर्की पर दूसरे देशों का ऋण 4,32,000 मिलियन डॉलर से ऊपर जा चुका था। 15 साल पहले जब एकेपी सत्ता में आई थी तो यह ऋण केवल 1,29,000 मिलियन डॉलर हुआ करता था।

यह चित्र एक ऐसे देश का है जहां कुछ लोग भाग्यशाली रहे हैं जबकि अधिकांश लोग दलदल में धंसते जा रहे हैं। एर्दोगान एक भाग्यशाली व्यक्ति हैं।

निनॉच्का रॉस्का

दुतेर्ते

एक सिफ़र

फ़िलीपींस के राष्ट्रपति पद के लिए 2016 में हुए चुनावों में रोद्रीगो रोआ दुतेर्ते की सफलता के बाद टीकाकारों ने इस बात का बार-बार हवाला दिया कि उन्होंने एक 'शानदार सोशल मीडिया अभियान चलाया है'। जहां लगभग 58% आबादी सोशल मीडिया पर सक्रिय है, ऐसे मुल्क में सोशल मीडिया का चुनावों के लिए इस्तेमाल करना बहुत चतुराई भरी योजना थी।[1] यदि इस जानकारी का निरपेक्ष भाव से विश्लेषण किया जाए तो ऐसा लगता है कि यह तरीका अपरिहार्य भी था और लाज़िमी भी। इसके सहारे ही तो एक ऐसे उम्मीदवार को 'परिवर्तन' के प्रतीक के रूप में स्थापित करने वाले 'अयथार्थ' का जाला बुना जा सकता था जिसकी एकमात्र उपलब्धि ये थी कि वह और उसका परिवार ग़ैरक़ानूनी हत्याओं के लिए मुल्क के सबसे कुख्यात शहर में लगातार 30 साल से सत्ता में थे।[2]

इस 'पुरशोर' डिजिटल नैरेटिव में एक बढ़िया टेली नॉवेला के सारे तत्व दिखाई पड़ते थे। इसमें ठग लाइफ जैसी रैप इमेजरी भी थी, क़त्लो-ख़ून भी था, हद दर्जे की फूहड़ता भी थी और समाज के हाशिए से मध्य में घसीट लिए गए किरदार भी थे – एक सॉफ्ट पोर्न स्टार, ट्रांस और क्वियर तबक़े के लोग, हर मोर्चे पर विफल हो चुके वकील, मुट्ठी भर चापलूस, मार्कोस के तानाशाही गुट के लोग, हवा का बहाव देखकर दक्षिणपंथी बन गए पुराने वामपंथी। अपने चहेते उम्मीदवार के प्रतीकवाद को हाथोंहाथ 'बेचने' में इन सब लोगों ने बढ़-चढ़कर योगदान दिया। इस प्रतीक में दुतेर्ते मुट्ठी ताने दिखाई देते हैं। उनकी यह छवि वामपंथी जुझारूपन की याद दिलाती थी। मगर, यह मुट्ठी शक्ति का प्रतीक कम और धमकी का साधन ज़्यादा थी। उनकी मुट्ठी एक ऐसे कोण पर मुड़ी हुई थी कि सामने वाले को सीधे मुंह पर घूंसा मारती दिखाई देती थी। दुतेर्ते लंबी-चैड़ी बंदूकों के साथ फ़ोटो खिंचवाते थे। 'दंडदाता' संबोधन के साथ-साथ उन्होंने एक ऐसे व्यक्ति की छवि गढ़ने पर भी जोर दिया जो किसी ग़लत आदमी को माफ़ नहीं कर सकता, जिसकी शख़्सियत में कोई लग्ज़िश नहीं है। दुतेर्ते की साउंड बाइट्स झटका भी देती थीं और जुगुप्सा भी पैदा करती थीं। उनके अभियान में सत्ता और दहशत, ये दोनों एक सघन मर्दाना फंतासी में गुंथ गए थे। साथ ही वह (या उनके लग्गू-भग्गू) 'दो कदम आगे, एक कदम पीछे' शैली की कदमताल में भी माहिर थे – आज ये दावा करते कि दुतेर्ते ने कम से कम तीन लोगों का कत्ल तो किया ही है और अगले

1 एबीएस-सीबीएन न्यूज़ रिपोर्ट में डिजिटल ग्लोबल ओवरव्यू का उद्धरण, 25 जनवरी 2017।

2 'मर्डर रेट हाईएस्ट इन दावाओ सिटी – पीएनपी', फिलीपाइन नेशनल पुलिस स्टेटेस्टिक्स से उद्धृत, *फिलीपाइन स्टार*, 2 अप्रैल 2016।

दिन ये दावा करने लगते थे कि उन्होंने कभी किसी को नहीं मारा। एक दिन वह अपने प्रतिपक्षियों को तमाचा लगाने की धमकी देते थे और अगले ही दिन पलटवार को देख कर चुप्पी साध लेते। देश के सामने मुंह बाए खड़े गंभीर मुद्दों को वह हिकारत की नज़र से देखते थे। बहुधा वह उनको गिनते ही नहीं थे। गंभीर समस्याओं का मखौल उड़ाते हुए वह जेट स्की लेकर निकल जाते और विवादास्पद स्प्रेटली आइलैंड पर फ़िलीपींस का झंडा फहरा आते और यों देखते-देखते विदेश नीति के एक महत्वपूर्ण मुद्दे को घूरे पर ढकेल देते। समस्याओं को पैदा करने में अपनी ज़िम्मेदारी को नज़रअंदाज़ करते हुए वह ख़ुद लोगों की शिकायतों का सहारा लेकर मिंदानाओ में मुस्लिम और देशी ज़मीनों के ख़ात्मे का रोना रोने लगते जबकि हकीकत ये थी कि जिस शहर में वह तीस साल से सत्ता संभाले हुए थे वह भी आबादकारों का ही शहर था। ख़ुद उनका परिवार भी उसी विसायस क्षेत्र से यहां आकर बसा था जहां दुरानोस गिरोह की देखरेख में बारी-बारी से लोगों को सत्ता दी जाती थी और इसी क्रम में दुतेर्ते के पिता भी शहर के महापौर रह चुके थे। दुतेर्ते इस तरह की समस्याओं पर दहाड़ते और पीड़ितों की ओर से बार-बार ये दावा करते कि उन्होंने दावाओ शहर को धरती का सबसे 'सुरक्षित' और सबसे प्रगतिशील शहर बना दिया है। इस झूठ को उनके ट्रोल्स ने बड़ी कुशलता से फैलाया और मीडिया ने रातोंरात उसे स्थापित कर दिया था।

फ़िलहाल उनके सबसे कट्टर विरोधी हैं – सीनेटर एंटोनियो 'सोनी' त्रिलानेस। उनका कहना था कि दुतेर्ते की परिवर्तन लाने की कथित क्षमता का नैरेटिव झूठ को सच साबित कर देने की क्षमता का नैरेटिव हुआ है। सीनेटर एंटोनियो इस बात से ख़फ़ा थे कि दावाओ शहर के बारे में दुतेर्ते द्वारा फैलाए जा रहे इस सफ़ेद झूठ को कोई चुनौती क्यों नहीं देता जबकि ठीक इसी के दम पर उन्होंने अपने अभियान के दौरान इस आशय का मिथक गढ़ दिया था कि सुरक्षा और प्रगति के लिए देश को एक ऐसे अतिबलशाली महामर्द की ज़रूरत है जो अपराधियों, कुलीनतंत्र और साम्राज्यवादियों का डटकर मुक़ाबला कर सके।

इस कहानी का एक और पहलू भी है – एक मौक़े पर सीनेटर एंटोनियो ख़ुद भी दुतेर्ते की शख्सियत से आकर्षित थे। अभियान की शुरुआत में उन्होंने भी दुतेर्ते के साथ साझेदारी के लिए उनसे संपर्क किया था। एंटोनियो की पार्टी ने तय किया था कि वह उपराष्ट्रपति पद के उम्मीदवार होंगे। इसके लिए उन्हें राष्ट्रपति पद के एक ऐसे उम्मीदवार की ज़रूरत थी जो एंटोनियो को अपने डिप्टी के रूप में साथ ले ले। इसी क्रम में दुतेर्ते से मिलने पर एंटोनियो को बड़ी निराशा हुई : 'मैंने तो सोचा था कि हम

नीतियों पर बात करेंगे मगर वह तो बस शेखी बघारते रहे कि उन्होंने कब, किस-किस का कत्ल किया है'। मर्दानगी के इस बेजा मुज़ाहिरे में एंटोनियो की कोई दिलचस्पी नहीं थी लिहाजा उनकी पार्टी ने राष्ट्रपति पद के लिए सीनेटर ग्रेस पो को समर्थन देने का फ़ैसला लिया। यह बड़ी जल्दबाजी में लिया गया फ़ैसला था क्योंकि उसी दोपहर को सत्ताधारी लिबरल पार्टी के कर्ताधर्ता मार रोग्ज़ास आ पहुंचे थे और बाद में उन्होंने कहा कि फ़ैसला लेने में वह 'कुछ घंटे पिछड़ चुके थे' और 'उपराष्ट्रपति का पद लेनी रोब्रेदो के ही नसीब में था जबकि उनका तो नाम तक किसी चर्चा में नहीं था'। जब सीनेटर एंटोनियो से पूछा गया कि दुतेर्ते की सरकार के साथ सबसे बड़ी समस्या क्या है तो उन्होंने कहा कि इस सरकार के पास कोई केंद्रीय विज़न ही नहीं है। इस सरकार के पास ऐसा कोई केंद्रक नहीं है जो नीतियों को एक जगह बांध सके। कुछ भी नहीं'। साथ ही उन्होंने ये भी कहा, 'सत्ता हासिल करने और उसको बनाए रखने के अलावा उनकी और कोई नीति नहीं है। वह जानते हैं कि भूतपूर्व राष्ट्रपति कितनी मुश्किलों से जूझते रहे हैं'। उस समय फ़िलीपींस के पिछले दो राष्ट्रपति जेल की हवा खा रहे थे।[3]

सो, कुल मिलाकर यह एक कठिन चुनाव था। मानव निर्मित और सांयोगिक, दोनों तरह की लहरों पर ये चुनाव लड़ा और जीता गया। परंतु इस बात को सबने बहुत सावधानी से नरजअंदाज़ कर दिया कि जो चार उम्मीदवार मैदान में थे उनमें से केवल एक ही दिवंगत तानाशाह फर्डिनांड ई मार्कोस के गुट और गिरोह के ख़िलाफ़ था। बीस साल तक सत्ता के उपभोग के फलस्वरूप इस गिरोह और उसके गुंडों ने देश की सियासत और सत्ता में गहरी जड़ें जमा ली थीं और इसके दम पर वे राजनीतिक सत्ता में लौटने के लिए तैयार थे। चूंकि फ़िलीपींस में ऐसा कोई प्रावधान नहीं है कि अगर किसी उम्मीदवार को बहुमत नहीं मिल पाता है तो क्या किया जाएगा इसलिए राष्ट्रीय निर्वाचन व्यवस्था का दुरुपयोग करना मुश्किल नहीं था। चुनांचे, 2016 के चुनावों में एक के मुक़ाबले तीन संभावना यही थी कि तानाशाही का कोई समर्थक उम्मीदवार ही जीतेगा। यही हुआ भी। पांच करोड़ में से 1.6 करोड़ वोट यानि आधे से भी कम वोट लेकर दुतेर्ते चुनाव में विजयी हुए। राष्ट्रपति बनने के बाद उन्होंने जो शुरुआती कदम उठाए उनमें से एक कदम ये था कि उन्होंने अपने चुनाव अभियान के दौरान किए गए वादे के अनुसार दिवंगत तानाशाह फर्डिनांड ई मार्कोस की कब्र को खोद कर उन्हें 'सेमेटरी ऑफ़ हीरोज़' (नायकों के कब्रिस्तान) में फिर से दफ़न करवाया। पिछले तीस साल से तक़रीबन हर राष्ट्रपति इसका विरोध करता आ रहा था।

[3] लेखिका द्वारा सीनेटर एंटोनियो त्रीलानेस के साथ साक्षात्कार, न्यूयार्क सिटी, 20 जुलाई 2017।

अपने अभियान के दौरान दुतेर्ते ने जो चीजें कही थी उनमें से कुछ वह कर रहे हैं और कुछ कर चुके हैं। कुछ पर वह कन्नी काट जाते हैं। बहुत सारी बातों को वह नकार चुके हैं। बक़ौल उनके, उन्होंने वे बातें कही ही नहीं थीं। हालांकि थोड़े समय बाद फिर वह उन्हीं बातों को को दोहराने लगते हैं जिनके न कहने का उन्होंने ऐलान किया था। ख़ैर, उनके साल भर के शासन की कुछ अहम बातें ग़ौर करने लायक हैं।

हत्या की कल्पना

दुतेर्ते के एक दोस्त का कहना है कि जिस वक़्त उन्होंने अपना पहला क़त्ल किया तब उनकी उम्र 16 साल थी। जब दुतेर्ते ने इसके नतीजों से ख़ुद को बचाने की गरज से यह बात अपने घरवालों को बताई तो साथ में ये भी जोड़ दिया था कि उन्हें ये करने में मज़ा आया।[4]

हाल ही में दुतेर्ते ने ऐलान किया कि उन्होंने 16 या 17 साल की उम्र में ही एक आदमी को 'चाकुओं से गोद कर' मार डाला था। यह तथ्य मुझे उनकी कहानी के आगे के हिस्से के बारे में थोड़ा चिंतित करता है। उनका कहना है कि इसी की वजह से अपनी मां के साथ उनके संबंधों में कड़वाहट आने लगी थी। नायकों के कब्रिस्तान में मार्कोस के पुनर्दफ़न की हिमायत में दुतेर्ते ने दावा किया था कि चूंकि उनके पिता हमेशा दिवंगत फर्डिनांड के 'साथ' खड़े रहे इसलिए अब वह भी मार्कोस परिवार को नज़रअंदाज़ नहीं कर सकते। दुतेर्ते का दावा सौ फीसदी झूठ तो नहीं था मगर सच भी नहीं था। तथ्य ये है कि उनके पिता की 1969 में मृत्यु हो गई थी। उस समय फर्डिनांड मार्कोस का राष्ट्रपति के रूप में दूसरा और संवैधानिक रूप से पहला कार्यकाल अभी शुरू ही हुआ था। मार्शल लॉ लागू होने में भी अभी तीन साल बाक़ी थे। यानि, उस समय दुतेर्ते के पिता के लिए 'साथ' खड़े होने जैसा कुछ था ही नहीं। विभाजन रेखाएं तो इसके बाद खिंची थीं। अपने पिता और मार्कोस के दफ़न के बारे में दुतेर्ते द्वारा दिया गया यह वक़्तव्य उनकी मां का निश्चित रूप से एक अपमान था। उनकी मां सोलेदाद ने अस्सी के दशक में दावाओ शहर में तानाशाही विरोधी येलो फ्राइडे जुलूसों का नेतृत्व किया था। दुतेर्ते की मां ने ही तानाशाही को ख़त्म करने वाली स्वर्गीय राष्ट्रपति कॉरोज़ान

[4] दुतेर्ते के राजनीतिक करियर को कवर करने वाले एक पत्रकार के साथ गुप्त बातचीत। बाद में, 10 नवंबर 2017 को वियतनाम में फिलीपींस के अप्रवासियों के एक समूह से बात करते हुए दुतेर्ते ने खुद ये दावा किया था।

एक्वीनो से सिफ़ारिश की थी कि वह दुतेर्ते को दावाओ शहर का उपमहापौर नियुक्त करें। इसके बावजूद दुतेर्ते मार्कोस को नायकों के कब्रिस्तान में दफ़न करने के अपने फ़ैसले को जायज़ ठहराने के लिए अपने बाप का हवाला दे रहे हैं।

दुतेर्ते का एक दावा ये भी है कि वह कम्युनिस्ट पार्टी ऑफ़ फिलिपींस (माओवादी) अथवा सीपीपी के संस्थापक अध्यक्ष होज़े मा सिजॉन के विद्यार्थी और अनुयायी रहे हैं। सीपीपी के उस दौर के कार्यर्ताओं के बीच माओ त्से तुंग का यह उद्धरण बहुत प्रचलित था कि 'राजसत्ता बंदूक़ की नली से ही निकलती है'। ऐसा प्रतीत होता है कि दुतेर्ते ने इस उक्ति को शब्दशः अपना लिया है। मगर वह हत्याओं के ज़रिए मिलने वाली शक्ति का प्रयोग क्रांतिकारी सत्ता को फैलाने के लिए नहीं बल्कि अपराधों को ख़त्म करने के नाम पर प्रतिद्वंद्वियों को डराने-धमकाने और उनको ख़त्म करने के लिए इस्तेमाल कर रहे हैं। राष्ट्रपति बनते ही दुतेर्ते इस पद्धति को राष्ट्रीय स्तर तक ले आए। नशाखोरी की समस्या को 'भीषण' समस्या बताते हुए 'ग़ैर-सरकारी रक्षकों/प्रहरियों' तथा पुलिस द्वारा हत्याओं को खुली छूट दे दी गई। इस मद में चलाए गए नशा-विरोधी छापेमारी में हत्याओं का 96% तक दर्ज किया गया है।

चुनाव अभियान के दौरान श्री दुतेर्ते ने कहा था कि नशाखोरी को ख़त्म करना उनके कार्यकाल का मुख्य फ़ोकस होगा। उन्होंने कहा कि वह इस समस्या को ख़त्म करने के लिए फ़िलीपींस के 30 लाख लोगों की जान लेने को भी तैयार हैं। यहां तक कि उन्होंने अपनी तुलना ऐडॉल्फ़ हिटलर से भी कर डाली थी।[5]

वह बार-बार कहते थे, 'मुझे नशे से नफ़रत है'। नशीली दवाएं और हत्या, ये उनके अभियान के परस्पर गुंथे हुए बिंदु थे। चूंकि देश में इतने नशेड़ी या नशीली दवाओं के व्यापारी नहीं हो सकते थे इसलिए दुतेर्ते जिन लाखों लोगों को मारने की बात कर रहे थे वे सामान्य नशाखोर, कभी-कभार नशा करने वाले और एक दो पुड़िया बेचकर गुजारा करने वाले लोग ही हो सकते थे। खून की उनकी प्यास इतनी ज़्यादा थी कि जून 2016 में उन्हें निर्वाचित घोषित किया गया और पलक झपकते नशे के ख़ात्मे के नाम पर लोगों की हत्याओं का सिलसिला शुरू हो गया। उनको सत्ता में आए एक महीना भी नहीं हुआ था और 440 लोगों को मौत के घाट उतारा जा चुका था।[6]

ये हत्याकांड बहुत नाटकीय ढंग से अंजाम दिए जाते थे। शवों को इस तरह पेश

[5] 'फिलीपींस दुतेर्ते लाइकेंस हिमसेल्फ टू हिटलर, वांट्स टू किल मिलियंस ऑफ़ ड्रग यूज़र्स', रॉयटर्स न्यूज़, 29 सितंबर 2016।

[6] 'द किल लिस्ट', *फिलीपाइन इन्क्वायरर*, 7 जुलाई 2016।

किया जाता था कि लोगों में ज़्यादा से ज़्यादा भय और सिहरन पैदा हो। मक़तूल को पैकिंग टेप में लपेट दिया जाता था, उसकी इंसानी पहचान को क्षत-विक्षत कर दिया जाता था। इन शवों को सड़कों पर, पुलों के नीचे, सुनसान पार्कों में, कूड़े के ढेरों में फेंक दिया जाता था। शव के आसपास हाथ से लिखा एक पर्चा होता था। इस पर्चे पर लिखा होता था : 'नशेड़ी। कोई इसकी नक़ल न करे'। ये हत्याएं शहर के सबसे निर्धन इलाकों मे होती थीं। मृतकों में से औसतन दस में से एक महिला होती थी। मरने वालों में कई ट्रांस, क्वियर और यदा-कदा एक-दो कार्यकर्ता भी होते थे। फ़िलीपींस के इतिहास में यह अभूतपूर्व घटना थी। दुतेर्ते के कार्यकाल के चौथे महीने तक आते-आते हत्याओं की संख्या प्रतिमाह 1,000 से ऊपर जा चुकी थी। हत्यारे दस्तों की किसी भी आलोचना का जवाब सोशल मीडिया में दिया जाता था। इन दस्तों के पक्ष में दलील दी जाती थी कि उनकी आलोचना करने वाले या तो ख़ुद भी नशा करते हैं या उन्हें भी राष्ट्रपति द्वारा तैयार की गई नशे के व्यापारियों की सूची में शामिल किया जाए या वे ऐसे व्यापारियों के हिमायती हैं। कुछ हत्याएं तो सिर्फ़ अजेय और क्रूर छवि को स्थापित करने के लिए अंजाम दी गईं। उदाहरण के लिए, एल्ब्युएरा सिटी मेयर रोलेन्डो एस्पीनोज़ा ने तो अवैध हत्या की आशंका से बचने के लिए आत्मसमर्पण कर दिया था और वे जान बचाने के लिए ख़ुद पुलिस हिरासत में आ गए थे। इसके बावजूद 5 नवंबर 2016 को पौ फटने से कुछ घंटे पहले पुलिस का एक दस्ता उनकी कोठरी के बाहर आ धमका, उन्होंने सीसीटीवी कैमरों को बंद कर दिया और महापौर को गोलियों से छलनी कर डाला। इस हत्या को सही ठहराने के लिए दावा किया गया कि मृतक ने 'जवाबी हमला' किया था। हत्याओं की दर 100% तक पहुंच गई थी और पुलिस की रिपोर्ट में *ननलाबान* (जवाबी हमला) का नियमित रूप से उल्लेख किया जा रहा था। *रॉयटर्स* की एक रिपोर्ट में बताया गया था कि 'जून 2016 में दुतेर्ते के सत्तासीन होने के बाद से पुलिस नशा विरोधी अभियान के दौरान कम से कम 3,900 लोगों को मार चुकी है। प्रत्येक घटना के बाद पुलिस ने ये दावा किया है कि उसे आत्मरक्षा के लिए ऐसा करना पड़ा'। नशा विरोधी अभियान के तहत की गई सारी हत्याओं में से 39% हत्याएं ज़िला 6 पुलिस थाने में तैनात पुलिसकर्मियों ने की थीं। ग़ौर करें कि इस थाने की नशा विरोधी इकाई में दावाओ शहर के पुलिसकर्मियों को नियुक्त किया गया था।[7]

इस कथित नशा विरोधी अभियान को 'ऑपरेशन टोखांग' का नाम दिया गया है।

[7] 'हाऊ ए सीक्रेटिव पुलिस स्क्वाड रेक्ड-अप किल्ज़ इन दुतेर्तेज़ एंटी ड्रग वॉर', रॉयटर्स स्पेशल रिपोर्ट, 19 दिसंबर 2017।

यह 'नॉक' (दस्तक) और 'टॉक' (बात करने) के लिए सेबुआनो भाषा के शब्दों को मिलाकर बनाया गया शब्द है। अलोचक इसे दस्तक और धायं-धायं के नाम से जानते हैं। एक ऐसा राष्ट्रपति, जिसकी एक अपील यह रही है कि वह उस मिंदानाओ से आया है जो उन सबसे बड़े टापुओं में से एक है, जहां देशी और नेटिव आबादी को बाहर से आए आबादकारों, ख़ासतौर से विसायस से आए लोगों द्वारा विस्थापित कर दिया गया था, एक ऐसे राष्ट्रपति द्वारा विसायन भाषा के इस दुरुपयोग में एक तरह की विडंबना के दर्शन किए जा सकते हैं। दावाओ शहर की मेरी एक यात्रा के दौरान लोगों ने मुझे भी मैग्विनदानाओ मान लिया था क्योंकि मैं टेगालॉग बोली बोल रही थी। ग़ौरतलब है कि मैग्विनदानाओ एक मुस्लिम समुदाय है जो कथित तौर पर विसायन भाषा के मुक़ाबले टेगालॉग बोलना ज़्यादा पसंद करता है।

ख़ैर, शुरुआती हत्याओं से ग़रीब बस्तियों में इतनी दहशत फैल गई थी कि दसियों हज़ार लोगों ने जान बचाने के लिए ख़ुद ही पुलिस के पास जाकर 'आत्मसमर्पण' कर दिया। उन्हें उम्मीद थी कि इसके बदले में उन्हें सरकार द्वारा घोषित 'पुनर्वास' योजना का लाभ भी मिलेगा मगर यह वादा कभी पूरा नहीं हुआ। बल्कि, इस घोषणा की आड़ में हज़ारों लोगों को जेल की ऐसी कोठरियों में बंद कर दिया गया जहां वास्तव में केवल कुछ सौ लोगों के लिए ही जगह थी। यह एक भयानक, बर्बर दृश्य था। दूसरी तरफ़ एक अरब पेसो ख़र्च करके बनाया गया महाकाय पुनर्वास केंद्र – जो चीन के एक ऐसे व्यक्ति ने उपहार में दिया था जिसने फ़िलीपींस में ही अपनी सारी दौलत कमाई थी (किसी को पता नहीं कि कैसे) – सुनसान पड़ा था। मृतकों की संख्या दिन दूनी रात चैगुनी बढ़ती गई। मीडिया और मानवाधिकार संगठनों के मुताबिक़ अंतिम गणना तक 14,000 से ज़्यादा लोग मौत के घाट उतार दिए गए थे। फ़िलीपींस की संस्कृति में सामाजिक समस्याओं के समाधान के रूप में हत्या को इतनी घनी हिकारत की नज़र से देखा जाता है कि इस तरह की हत्या के लिए एक ख़ास अनुष्ठान और एक ख़ास मनोदशा भी ज़रूरी मानी जाती है। इसके लिए यहां *ख़ुरामेन्तादो* शब्द प्रचलित है जो औपनिवेशिक काल में स्पेनिश भाषा के शब्द *ख़ुरामेन्तार* यानि 'शपथबद्ध व्यक्ति' से विकसित हुआ था।[8]

इन परंपराओं में दंड की स्वीकार्यता, मारने की चेष्टा करते हुए मारे जाने की संभावना शामिल थी जिससे मानव जीवन के प्रवाह में एक संतुलन बना रहे। गुमनाम

[8] इसागानी ई. मेदीना, 'ए हिस्टॉरिकल रिकन्स्ट्रक्शन ऑफ़ दि ख़ुरामेन्तादो/सबललाह रिचुअल', *अनुवार्यो/एनालोस : जर्नल ऑफ़ हिस्ट्री*, खंड 11, संख्या 1, 1993।

मारे जाना, किसी की ज़िम्मेदारी साबित न होना, हत्याओं की जांच भी न होने देना और हत्यारों को पुरस्कृत करना – ये सारी बातें फ़िलीपींस के स्थापित राष्ट्रीय मूल्यों की इतनी गहरी अवहेलना थीं कि शुरुआती महीनों में देश भर के लोग दुतेर्ते द्वारा चलाई जा रही हत्याओं की इस मुहिम को लेकर गहरे अचंभे में थे। ऊपर से दुतेर्ते की डिजिटल फ़ौज ने भी मृतकों के ख़िलाफ़ विषवमन में कोई कसर बाक़ी नहीं रखी। उनके डिजिटल टट्टुओं ने हर मृतक को नशेड़ी घोषित कर दिया और हर नशेड़ी को एक हिंसक अपराधी साबित कर दिया। इस विमर्श में मानवहत्या मामूली अपराधों का सहउत्पाद बनकर रह गई थी क्योंकि इसकी जांच नहीं की जा रही थी और यह सरकार के कारकूनों के हाथों अंजाम दी जा रही थी। ये हत्याएं पुलिस के हाथों अंजाम दी जा रही थीं, जिसने एक बार तो सप्ताह भर में 87 लोगों को मौत के घाट उतार दिया था। पुलिस ने इसको 'एक बार, आख़िरी बार' ऑपरेशन का नाम दिया था। इन 87 लोगों में से ज़्यादातर मृतक मेट्रो-मनीला और चार पड़ोसी शहरों के नौजवान थे।[9]

एक ऐसा देश जहां कल तक हथियार सिर्फ़ अमीरों की शान की निशानी हुआ करते थे वहां अचानक हत्याओं की एक लहर सी चल पड़ी थी। ताताए डिगॉन्ग (पिता डिगॉन्ग, जो दुतेर्ते का निकनेम है) देखते-देखते ताताए काताए (कसाई पिता) में तब्दील हो गया था। चूंकि यह देश 150 भाषाओं व संस्कृतियों से रचा है इसलिए इस वहशियत पर सबसे पहली प्रतिक्रिया भी देश के कवियों और लेखकों की तरफ़ से ही आई।

टोक-हांग

इस बस्ती में,
जहां घर भी महीन प्लाईवुड और ज़ंग-आलूदा
लोहे की चादरों से बने फ़ाक़ाकश ढ़ांचे भर हैं
जहां नाली-चहबच्चों में जमा बारिश में भी बू आती है
मातम की और मातम करने वालों की

इस बस्ती में
वे आते हैं, दरवाज़ों पर दस्तक देते हैं, ताक़त की शाइस्तगी के साथ

[9] 'हाऊ दि पीएनपीज़ वन टाइम, बिग टाइम ऑपरेशंस वर्क', रेप्लर, 27 अगस्त 2017।

दरयाफ़्त करते हैं कि तुम कौन हो, क्या करते हो, फलां कहां है?
अगर वो फलां वहां नहीं है तो पूछते हैं कि फिर तुम्हारे पास कौन है?
अगर कोई भी नहीं होता तो जिरह करते हैं, नहीं है तो आएगा।

यहां लोग ताश की गड्डी जैसे हैं – सब एक जैसे
ज़िंदगी में भी और बेज़िंदगी में भी
सांस लेने में भी और न लेने में भी
हंसने में भी और रोने में भी
हर मामले में एक जैसे –
उनके चिर-अधूरे सपनों की किरचें भी
धो-पोंछ दी गई खाल पर एक जैसी दमकती हैं –
ब्राउन लोग, नंगे पांव बच्चे, चौड़े कूल्हों वाली औरतें,
टेंट ड्रेस में सजी, जिस पर उन बागों के ज़र्द फूल नक़्श हैं
जो कभी उन्हें नसीब नहीं होंगे

ऐसी बस्ती में
किसी को मार देने से भी कुछ कम नहीं होता,
फ़ाकाकशी की ज़द में
आख़िरी सांसें गिन रहे मकानों को जला कर भी
हमेशा के लिए भस्म नहीं किया जा सकता।

यिन/यांग

खुलेआम मर्दानगी का मुज़ाहिरा और स्त्री घृणा, ये दोनों विकृतियां साथ-साथ सामने आती हैं। यही दोनों बातें दुतेर्ते के शासन की भी ख़ास पहचान हैं। उनके शासन में शिक्षित और महत्वपूर्ण पदों पर बैठी महिलाओं के प्रति घृणा बहुत घने रूप में दिखाई पड़ती है। इसका एक फ्रायडवादी व्याख्या भी दी जा सकती है। दुतेर्ते एक गाली का अपने भाषणों में खुलकर इस्तेमाल करते हैं : *पुतांग-आइना*। यह शब्द वेश्या के लिए इस्तेमाल होने वाले स्पेनी भाषा के एक शब्द (चूंकि फ़िलीपींस की संस्कृति में

यह अवधारणा और परंपरा है ही नहीं इसलिए यह शब्द भी उधार लिया गया है और कई स्थानीय भाषाओं में इस्तेमाल 'मां' के लिए प्रयोग होने वाले शब्द को मिला कर बनाया गया है) से निकला है। यह कई परतों वाला शब्द है। यह मां से संतान के संबंध को रेखांकित भी करता है मगर साथ ही जन्म देने वाली मां को अपमानित भी करता है। ग़ौर करें कि देश भी हमेशा मातृभूमि होता है, पितृभूमि नहीं। इसके बावजूद, कैसी विडंबना है कि जब दुतेर्ते को चुनाव में विजयी घोषित किया गया तो वह अपनी मां की कब्र के बगल में घुटनों पर बैठकर आंसू बहा रहे थे।

दुतेर्ते अपने सार्वजनिक भाषणों में भी गालियों का खुलकर इस्तेमाल करते हैं। चाहे उनके दर्शक स्त्री हों या पुरुष। उन्हें टट्टी-पेशाब का हवाला देने में भी महारत हासिल है। उनकी कथित यौन शक्तियों या संभवतः उनके अभाव को ज़िक्र भी बेसाख्ता आ ही जाता है। ख़ैर, पुतांग-आइना एक आकस्मिक दी जाने वाली मगर बहुत गंभीर गाली है जिसकी प्रतिक्रिया में कहीं ठहाके छूटते हैं तो कहीं चाकू निकल आते हैं। यह दुतेर्ते के लिए एक दिमाग़ी ऐंठन की तरह है। इसकी सघनता लोगों को ये सोचने पर मजबूर कर देती है कि कहीं वह तूरेत सिंड्रोम से पीड़ित तो नहीं हैं। वायग्रा, अपनी यौन (अ)वीरता, अपनी कई रखैलों के बारे में खुलेआम बात करने की उनकी आदत को देखकर लगता है कि कहीं वह सचमुच कॉप्रोलेलिया (आदतन अश्लील और अभद्र भाषा का प्रयोग करना) से ग्रस्त तो नहीं हैं। यह बचपन में उनके यौन उत्पीड़न का संकेत और परिणाम हो सकता है। वह ख़ुद कह भी चुके हैं कि लड़कपन में एक पादरी उनका यौन शोषण किया करता था। मगर कुछ लोगों का ये भी कहना है कि उनका ऐसा बर्ताव अपने आलोचकों को चुप कराने का एक हथकंडा भर है। पुरुष अधिकारों के हिमायती भी महिलाओं और नारीवादियों पर जिस तरह के हमले बोलते हैं, दुतेर्ते के तीर कुछ वैसे ही दिखाई पड़ते हैं। यह बात तो साफ़ ही है कि जब भी कोई महिला उनको चुनौती देती है या उनकी बात काटती है तो वह बहुत सघन और बहुत क्रूर प्रतिक्रिया देते हैं। मगर ये भी दिलचस्प बात है कि उनकी ज़्यादातर महिला-विरोधी समर्थक भी महिलाएं ही हैं। यह देशी मूल्यों व स्थानीय संस्कृति तथा उपनिवेशवाद व साम्राज्यवाद द्वारा थोपी गई संस्कृति के टकराव के कारण महिलाओं के प्रति पैदा हुए एक शीज़ोफ्रेनिक रवैये (खंडित मानसिकता) के लक्षण हैं।

सीनेटर लेला द लीमा संभवतः उनके शासनकाल की पहली राजनीतिक क़ैदी थीं। उन्हें नशीली दवाओं के व्यापार के आरोप में हिरासत में लिया गया था मगर उनके ख़िलाफ़ अभियोजन पक्ष के आरोप बार-बार बदलते रहे हैं। उनके ख़िलाफ़ लगाए

गए आरोप सज़ायाफ़्ता ड्रग अपराधियों और हत्यारों के बयानों पर आधारित थे। इन आरोपियों में से एक क़ैदी तो कांग्रेस के सामने सुनवाई के लिए तब तैयार हुआ था जब उसे साफ़ पता चल गया है कि अगर उसने वांछित गवाही नहीं दी तो उसे मार दिया जाएगा। दुर्भाग्यवश, दुतेर्ते की 'चीन की तरफ़ झुकती' विदेश नीति के बावजूद इन अपराधियों का कहना था कि नशीली दवाओं की सबसे बड़ी खेप भी चीन से ही आ रही है।

फ़िलीपींस ड्रग एन्फ़ोर्समेंट एजेंसी का यह चार्ट ग़ौर करने लायक है।

बावर्ची और रसायनज्ञ

1 जनवरी 2015 से 12 अगस्त 2016 के बीच फ़िलीपींस में मादक पदार्थ संबंधी अपराधों के लिए गिरफ़्तार किए गए विदेशी नागरिकों में से लगभग दो तिहाई चीनी नागरिक थे।

युगांडा	1
पाकिस्तान	1
लाइबेरिया	1
कोरिया	2
जापान	1
नाइजीरिया	3
हांगकांग	5
ताइवान	13
चीन	49

(स्रोत : फिलीपाइन ड्रग एन्फ़ोर्समेंट एजेंसी।)

दुतेर्ते को सबसे ज़्यादा गुस्सा इस बात को लेकर था कि सुश्री द लीमा ने दावाओ डैथ स्क्वाड के ख़िलाफ़ चल रही सीनेट की सुनवाई को फिर से शुरू कर दिया था। संवैधानिक मान्यता प्राप्त फिलीपीनी मानवाधिकार आयोग की अध्यक्ष के पद पर रहते हुए सुश्री द लीमा ने 2009 में दावाओ शहर में कुछ छिटपुट अपराधियों और सड़क पर जीवनयापन करने वाले बच्चों की हत्याओं की जांच करने का साहस दिखाया था। उसी समय ह्यूमन राइट्स वाच ने भी एक रिपोर्ट जारी करके कहा था कि ये हत्याएं

नगर प्रशासन की मिलीभगत से की गई हैं। इस रिपोर्ट में दावाओ डेथ स्क्वाड (डीडीएफ – जिसे राष्ट्रपति चुनाव के दौरान दुतेर्ते के कट्टर समर्थकों के बीच दुतेर्ते के प्रचलित उपनाम दिगोंग को जोड़कर दिगोंग डेथ स्क्वाड का नाम दे दिया गया था। यह दुतेर्ते से संबंधित किसी भी गंभीर मसले को मखौल बना देने की दुतेर्ते की सोची समझी योजना का एक हिस्सा है) के वजूद का भी ज़िक्र किया गया था।

सुश्री द लीमा के इस कदम पर राष्ट्रपति दुतेर्ते की प्रतिक्रिया रोंगटे खड़े करने वाली और क्रूर थी। एक बार तो उन्होंने यहां तक कहा कि द लीमा को इस्तीफ़ा देकर ख़ुद फांसी पर लटक जाना चाहिए। सुश्री द लीमा और सीनेट द्वारा की जा रही जांच के ख़िलाफ़ विषवमन दरअसल परपीड़क स्त्री घृणा का एक भयानक उत्सव बन गया था। अपने ड्राइवर के साथ सुश्री द लीमा के कथित संबंधों का हवाला देते हुए उन्हें यौन अपराधी के रूप में चित्रित किया जाने लगा। राष्ट्रपति दुतेर्ते ने कहा कि उन्होंने ख़ुद द लीमा का एक सेक्स विडियो देखा है जिसको देखकर उन्हें उल्टी आ गई थी (मगर यह विडियो दरअसल कभी किसी के सामने नहीं आया। सिर्फ़ एक ऐसा पोर्न विडियो सामने आया था जिसमें दिखाई जा रही महिला द लीमा से कुछ मिलती-जुलती शक्ल वाली थी)। नशीली दवाओं के सज़ायाफ़्ता अपराधियों को कांग्रेस के सामने यह इकबालिया बयान देने के लिए बुलाया गया कि उन्हों ख़ुद सुश्री द लीमा को रिश्वत दी थी। इस पूरी मुहिम का नतीजा ये निकला कि आख़िरकार सुश्री द लीमा को सीनेट कमिटी के अध्यक्ष पद से हटा दिया गया। इसके बाद उन्हें गिरफ़्तार करके जेल में डाल दिया गया और वे अभी भी जेल में हैं। नशीली दवाओं का व्यापार निर्बाध जारी है और उनकी तस्करी के सिलसिले में लोगों के सामने कई नए नाम आ चुके हैं। इनमें से ज़्यादातर नाम चीनी लोगों के हैं। एक नाम दुतेर्ते के बेटे का भी है जिस पर सीनेटर त्रिलानेस ने आरोप लगाया था कि वह भी चीनी त्रिगुट का हिस्सा है।[10]

इसके बावजूद महिला संगठनों के दबाव में दुतेर्ते के न्यायमंत्री को भी आख़िरकार ये मानना पड़ा कि उसकी सरकार की जानकारी में द लीमा का कोई सेक्स विडियो नहीं है। यह दबाव एक अभियान की शक्ल ले चुका था। इसकी देखादेखी देश की असंख्य महिलाओं ने एक सरल डिजिटल अभियान छेड़ दिया था जो बहुत तेज़ी से लोकप्रिय हुआ। इसमें महिलाओं से अपील की गई कि वे सोशल मीडिया पर बार-बार यह सामान्य वाक्य पोस्ट करें : 'सेक्स विडियो में दिखाई गई महिला मैं हूं'। मैंने भी

[10] 'त्रिलानेस : 'ड्रैगन लाइक' टैटू लिंक्स पाउलो दुतेर्ते टु ट्रायड', *फिलीपाइन इन्क्वायरर*, 7 दिसंबर 2017।

ये बयान पोस्ट किया था क्योंकि किसी औरत को एक 'यौन विकृत' व्यक्ति के रूप में दिखाने या चरित्र हनन के माध्यम से किसी औरत को हाशिए पर ढकेलने का ये हथकंडा मैं ख़ूब जानती हूं। #EveryWomen हफ़्तों तक सोशल मीडिया पर छाया रहा और आख़िरकार इसने सीनेटर द लीमा और उनके ड्राइवर को लेकर गढ़ी गई इस कहानी की जान निकाल दी।

किसी औरत की प्रतिष्ठा और चरित्र को नष्ट करके उसको कमजोर करने का यह हथकंडा बाद में उपराष्ट्रपति लेनी रोब्रेदो के ख़िलाफ़ भी इस्तेमाल किया गया। वह भी श्री दुतेर्ते के भाड़े के टट्टुओं द्वारा फैलाई गई इन अफवाहों का शिकार बनीं कि उनका एक बॉयफ्रेंड है, वह गर्भवती हैं, वग़ैरह वग़ैरह। दुतेर्ते ख़ुद भी लेनी रोब्रेदो के रंग-रूप, उनकी स्कर्ट की लंबाई आदि को लेकर फब्तियां कसते रहते थे।

सुश्री रोब्रेदो जानबूझकर एक ऐसी सर्वजनिक छवि अपना चुकी थीं जो राष्ट्रपति की छवि से बिल्कुल विपरीत थी। वह सौम्य स्वर में बोलती हैं। मुस्कराती रहती हैं। शब्दों के प्रयोग में बहुत सावधानी बरतती हैं। धार्मिक सभाओं में जाती हैं और हाशियाई लोगों को आजीविका मुहैया कराने के अपने प्रयासों के तहत अकसर ग़रीबों के साथ फ़ोटो खिंचवाती हैं। दुतेर्ते के समर्थकों को मालूम होना चाहिए कि यह वैषम्य उनके आका के लिए कितना हानिकारक हो सकता है। चुनांचे वे सुश्री रोब्रेदो को भी 'लुगाव' (दलिया) कहकर पुकारने लगे थे। सुश्री रोब्रेदो को प्रत्यक्ष रूप से भी ख़ूब अपमानित किया गया है। राष्ट्रपति के टट्टुओं द्वारा टेक्स्ट मैसेज के माध्यम से उन्हें ये जानकारी भी दी गई है कि अब वह कैबिनेट के बैठकों में न आया करें। इसके जवाब में उन्होंने तत्काल अपने कैबिनेट पद से इस्तीफ़ा दे दिया और अपने जनाधार को पुख़्ता करने पर ध्यान देने लगीं। हाल ही में उन्होंने लिबरल पार्टी की औपचारिक अध्यक्ष का पद भी स्वीकार किया है। यह देश में एकमात्र विपक्षी पार्टी बची है। जैसा कि कुछ लोगों का कहना है, संविधान के अनुसार उपराष्ट्रपति का दायित्व प्रतीक्षा करना होता है। और वह प्रतीक्षा कर रही हैं। केवल चुनिंदा मुद्दों पर मगर बहुत तीखी प्रतिक्रिया देती हैं। अधिकांशतः राष्ट्रपति की बात काटती हैं और विरले ही कभी उनके पक्ष में कुछ कहती हैं।

शक्तिशाली पदों पर बैठी दो और महिलाएं भी दुतेर्ते की सरकार के तहत कारावास में हैं। इनमें से एक हैं – ऑम्बुड्समन कोंचिता कारपियो-मोरालेस। वह लोकपाल हैं। उन्होंने इस बारे में एक जांच शुरू की थी कि ब्यूरो ऑफ़ कस्टम में 6.4 अरब पेसो मूल्य के नशीले पदार्थों की तस्करी कैसे हुई। दूसरी महिला हैं सर्वोच्च न्यायालय की न्यायाधीश मारिया लोर्देस सेरेनो जो मौजूदा सरकार से संबंधित मुक़दमों में लगातार

सरकार के ख़िलाफ़ अपना मत देती रही हैं। इन दोनों को एक्वीनो सरकार द्वारा नियुक्त किया गया था। लोकपाल मोरालेस का भतीजा राष्ट्रपति का दामाद है। इसके बावजूद मोरालेस, दुतेर्ते परिवार की अकूत दौलत के स्रोतों के बारे में जांच से पीछे नहीं हटीं। यह जांच सीनेटर त्रिलानेस द्वारा दुतेर्ते परिवार के पास मौजूद अकूत संपदा के बारे में दायर की गई शिकायत के आधार पर शुरू की गई थी। इसके जवाब में दुतेर्ते ने फ़ौरन धमकी दी कि वह लोकपाल कार्यालय में होने वाले भ्रष्टाचार की जांच के लिए एक आयोग का गठन करेंगे। इस पर सुश्री मोरालेस का जवाब भी बहुत सटीक था : 'क्षमा करें राष्ट्रपति महोदय, यह कार्यालय धमकियों से डरने वाला नहीं है। लोकपाल के विरुद्ध जांच के लिए एक आयोग के गठन की राष्ट्रपति द्वारा की गई घोषणा, इस कार्यालय द्वारा राष्ट्रपति के ख़िलाफ़ की जा रही जांच से संबंधित दिखाई दे रही है। परंतु यह कार्यालय अपनी जांच जारी रखेगा जिसका संविधान के तहत उसे दायित्व दिया गया है'।[11]

न्यायमूर्ति सेरेनो भी दुतेर्ते के बहुमत वाले निचले सदन (प्रतिनिधि सभा) में महाभियोग की कार्रवाई से जूझ रही हैं। उनके ख़िलाफ़ महाभियोग का प्रस्ताव एक कथित अपराध विरोधी संगठन से जुड़े एक वकील की शिकायत के आधार पर तैयार किया गया था। यह वकील एक ऐसे संगठन का सदस्य है जो मोटे तौर पर राष्ट्रपति के आलोचकों के ख़िलाफ़ आवाज़ उठाता रहा है। जब राष्ट्रपति कार्यालय के प्रवक्ता द्वारा सुश्री सेरेनो से अपील की गई कि वह ख़ुद ही इस्तीफ़ा दें दें तो न्यायमूर्ति सेरेनो के वकील ने कहा कि इस्तीफ़ा देने के विकल्प पर वह विचार भी करने वाली नहीं हैं। न्यायमूर्ति सेरेनो के प्रवक्ताओं में से एक वकील, कार्लो क्रूज़, ने कहा, 'जैसा कि पहले ही घोषणा की जा चुकी है, (न्यायमूर्ति सेरेनो का) इस्तीफ़ा कभी भी विकल्प नहीं था। मुख्य न्यायाधीश को सर्वोच्च न्यायालय तथा मुख्य न्यायाधीश कार्यालय, दोनों की प्रतिष्ठा व स्वतंत्रता को अक्षुण्ण बनाए रखने के लिए महाअभियोग की कार्रवाई का सामना करना होगा। उन्होंने संस्था को "क्षति" पहुंचाने के लिए कुछ नहीं किया है और निरंतर वह इसके सुदृढ़ीकरण के लिए प्रयास करती रही हैं'।[12]

दुतेर्ते की धौंसबाजी का यह तीरका उनके कई पुरुष आलोचकों पर कारगर साबित हो चुका था। मगर यही हथकंडा महिलाओं के ख़िलाफ़ काम नहीं कर पा रहा है क्योंकि ये महिलाएं तो ज़िंदगी भर इस धौंसबाजी का सामना करती आई हैं। बुद्धिमान महिलाओं

[11] 'ऑम्बुड्समन इन्सिस्ट्स ऑन कॉन्स्टीट्यूशनल ड्यूटी टु प्रोब दुतेर्ते', रेप्लर, 1 अक्टूबर 2017।

[12] 'रेज़िग्नेशन नेवर ऐन ऑप्शन फ़ॉर एससी चीफ सेरेनो', रेप्लर, 1 अक्टूबर 2017।

के प्रति उनकी इस गहरी घृणा और उनके अहम को सींचने वाली महिलाओं के प्रति उनके लगाव से न केवल उनकी नीतियों के प्रति बल्कि उनके व्यक्तित्व के प्रति भी एक विरोध का भाव पैदा होने लगा है। वह इस बात को कभी भूल नहीं पाएंगे कि पदासीन राष्ट्रपति को हराने के लिए वामपंथी ताक़तों द्वारा दिए गए लोकसत्ता की स्थापना के आह्वान का सामना सिर्फ़ एक महिला ही कर पाई थी जो अब उनकी सहयोगी बन गई है।

एक अमूर्त वामवाद

मुख्यधारा के विपक्ष की ढुलमुल हैसियत के चलते राष्ट्रपति दुतेर्ते के पास सत्ता और देश पर अपनी पकड़ मज़बूत बनाने के लिए आठ महीने का पूरा अवकाश था। दुतेर्ते द्वारा ख़ुद को 'सोशलिस्ट', 'वामपंथी' आदि बताने और फ़िलीपींस कम्युनिस्ट पार्टी (माओवादी) के साथ एक 'गठबंधन सरकार' चलाने जैसी घोषणाओं को देखते हुए फ़िलीपींस के राजनीतिक वामपंथी संगठनों ने अपनी प्रतिक्रिया बहुत सावधानी से तैयार की है। टोक-हांग अभियान की शुरुआत में न्यू पीपुल्स आर्मी ने दुतेर्ते के 'ड्रग विरोधी अभियान' को समर्थन दिया था; यहां तक कि नशीली दवाओं के कथित तस्करों के ख़िलाफ़ कुछ ऑपरेशनों में हिस्सा भी लिया था। मगर, जब कई कार्यकर्ता मौत के घाट उतार दिए गए तो एनपीए ने अपना समर्थन वापस ले लिया। इस बीच सीपीपी (कम्युनिस्ट पार्टी) नेशनल डेमोक्रेटिक फ्रंट की शांति वार्ता टीम के माध्यम से दुतेर्ते के साथ लुका-छिपी का खेल खेलती रही। इसी के फलस्वरूप दुतेर्ते ने एमडीएफ को मंत्रिमंडल में जगह दी। फ्रंट को बहुत ताक़तवर तो नहीं मगर कई लाभदायक पद दिए गए। मगर नौ महीने बाद कांग्रेस की नियुक्ति समिति द्वारा उन्हें पद से हटा दिया गया। दुतेर्ते ने इस मित्रता से पल्ला झाड़ते हुए कहा कि यह फ़ैसला उनका था ही नहीं।

क्या सीपीपी दुतेर्ते के साथ अपने इस प्रेम को लेकर संजीदा थी? पश्चिम के प्रति हमेशा नतमस्तक रहने वाले देश के राष्ट्रपति द्वारा पश्चिमी जगत की खुलेआम भर्त्सना और उसके लिए अपशब्दों का इस्तेमाल – उन्होंने अमेरिकी राष्ट्रपति बराक ओबामा को अपनी पसंदीदा गाली से नवाज़ा, आस्ट्रेलिया के साथ अपने कूटनीतिक संबंधों को तोड़ने की धमकी दी क्योंकि आस्ट्रेलिया ने एक ऑस्ट्रेलियाई मिशनरी महिला की हत्या के प्रसंग में दुतेर्ते द्वारा बलात्कार का महिमामंडन करने वाले बयान को पसंद नहीं किया था। अमेरिका के साथ फ़िलीपींस के सैनिक समझौतों को रद्द करने का ऐलान कर दिया था और 1906 में मुस्लिम महिलाओं के कत्लेआम की निंदा की – किसी को भी

अचंभे में डाल देता था। ग़ौरतलब है कि अपने तख़्तापलट की पूर्वसंध्या पर दिवंगत तानाशाह मार्कोस ने भी पूंजीवाद के किसी वैचारिक विरोधी से नहीं बल्कि अमेरिका से ही मदद की अपील की थी।

सीपीपी का दुतेर्ते के गृहनगर दावाओ में उनके साथ लंबा संबंध रहा है। बहुत सारी तस्वीरों में दुतेर्ते भी एनपीए के विभिन्न कार्यक्रमों और समारोहों में हिस्सा लेते दिखाई देते हैं। पार्टी उन्हें और उनके कारनामों को भली-भांति जानती थी। पार्टी जानती थी कि वह उसी श्रेणी के व्यक्ति हैं जिन्हें अभी तक पार्टी 'नौकरशाह पूंजीपति' यानि पूंजी संचय के लिए सरकारी पदों का दुरुपयोग करने वाला व्यक्ति मानती रही है। मार्कोस इसी श्रेणी में गिने जाते थे और उनका परिवार आज भी इसी ढर्रे पर चल रहा है। पार्टी भी उनके परिवार को उसी नज़र से देखती है। दावाओ में मार्कोस का सबसे बड़ा पिट्ठू भी इसी श्रेणी में आता है, जिसने दावाओ में चुनाव अभियान के लिए दुतेर्ते को 7.5 करोड़ पीसो का चंदा दिया था। नौकरशाह पूंजीपतियों और परंपरागत भूस्वामियों के बीच यह पुराना गठजोड़ मार्कोस की तानाशाही के ज़माने में टूट गया था। तभी से दोनों प्रतिक्रियावादी ताक़तों के बीच आर्थिक प्रभुत्व के लिए संघर्ष चला आ रहा है। इस क्रम में नौकरशाह पूंजीपतियों ने सरकारी पदों पर रहते हुए भ्रष्टाचार के ज़रिए जो पूंजी कमाई थी उसके बल पर खानों, संचार उद्योग, नकदी खेती, बिजली कंपनियों और तकनीकी कंपनियों में उनका दबदबा बन गया है। 2010 के राष्ट्रपति चुनावों के समय सीपीपी और उसके जनसंगठनों ने भी इसी तरह के एक नौकरशाह पूंजीपति को समर्थन देने का फ़ैसला लिया था। पार्टी ने तय किया कि उसके सभी संगठन मिग्वेल विलार को समर्थन देंगे। इस प्रकार पार्टी ने अपने क़ानूनी विशेषज्ञों को विलार की मंत्रिमंडलीय सूची में शामिल होने दिया।[13] यह पार्टी के लिए काफ़ी हद तक दुविधा भरा और अटपटा-सा संबंध था क्योंकि विलार की पार्टी ने अपनी भावी मंत्रिमंडलीय सूची में फर्डिनांड 'बॉन्ग-बॉन्ग' मार्कोस का भी नाम शामिल किया हुआ था। शुक्र है कि विलार को बेनिग्नो 'नॉयनॉय' एक्वीनो 3 से मात खानी पड़ी और सीपीपी की किरकिरी होने से बच गई।

जब सीपीपी के संस्थापक अध्यक्ष होज़े मा सिजॉन ने एक प्रेस इंटरव्यू में कहा कि यदि ग्रेस पो अथवा रॉद्रीगो दुतेर्ते जैसे उचित लोग राष्ट्रपति के पद पर पहुंचते हैं तो उनका 30 साल का निर्वासन ख़त्म हो सकता है – तो पार्टी में ऊपर से नीचे तक इन

[13] 'कैपिटलिस्ट विलार इज़ कम्युनिस्ट पार्टीज़ बेस्ट बैट फ़ॉर 2010', जीएमए नेटवर्क न्यूज़, 24 दिसंबर 2009।

देनों में से किसी एक के समर्थन का उन्माद पैदा हो गया था हालांकि पार्टी के राजनीतिक संगठन ग्रेस पो के साथ एक साझदारी में काम कर रहे थे। इस वक्तव्य से यह चुनाव किस हद तक सिजॉन के बारे में एक जनमत संग्रह में तब्दील हो गए होंगे, इसका कोई अंदाज़ा नहीं लगा सकता। फिर भी, जब दुतेर्ते की जीत की घोषणा हुई तो देश में इस आशय की अफवाहों का बाजार गर्म था कि शीघ्र ही श्री सिजॉन भी दुतेर्ते के शपथ ग्रहण समारोह में आमंत्रित किये जाएंगे। सबसे बड़े वामपंथी गठबंधन – बायान – ने 1896 में स्पेन के ख़िलाफ़ क्रांति का सूत्रपात करने वाले कातीपुनान के प्रमुख की पदवी के नाम पर दुतेर्ते और सिजॉन, दोनों को एक गावाद सुप्रीमो का नाम दिया। कुछ ही समय बाद शांति वार्ताओं का दौर भी शुरू हो गया।

इसके बावजूद अशुभ लक्षण ख़त्म नहीं हो रहे थे। चुनाव अभियान के दौरान दुतेर्ते ने 'नेशनल-डेमोक्रेटिक' वामपंथी धड़े की ट्रेड यूनियनों के फ़ेडरेशन केएमयू को 'जान से मार देने' की धमकी दी थी। उन्होंने नेशनल डेमोक्रेटिक लेफ़्ट के महिला संगठनों पर भी खुलकर हमला बोला जबकि इन संगठनों ने उनके बलात्कार वाले लतीफ़ों पर भी कोई तीखी प्रतिक्रिया नहीं दी थी। टॉक-हांग के पहले महीनों के दौरान कुछ सामाजिक कार्यकर्ताओं और किसानों की भी हत्या हुई थी मगर नेशनल डेमोक्रेटिक वामपंथ की तरफ़ से इस पर भी बहुत दबी-दबी प्रतिक्रिया ही सामने आई थी। उसके मानवाधिकार संगठन सिर्फ़ 'राजनीतिक हत्याओं' की सूची ही बनाते रहे। यानि नशा-विरोधी अभियान के तहत मारे गए लोगों को मानवाधिकार संगठनों ने भी अलग सूची में ही रखा। आख़िरकार दुतेर्ते की बेहद आपत्तिजनक भाषा और शांति वार्ताओं की समाप्ति से 'एक गठबंधन सरकार' की उम्मीदें धराशायी हो ही गईं। मानो इसी घटनाक्रम की पुष्टि के तौर पर 4 दिसंबर 2017 को बातांगास प्रांत में एनपीए के 15 सदस्यों को मौत के घाट उतार दिया गया।[14]

दुतेर्ते को फिलीपीनी समाज के कुछ भीषण प्रतिक्रियावादी तत्वों का समर्थन लगातार मिलता रहा है। इनमें मार्कोस परिवार के लोग तो हैं ही, साथ ही राष्ट्रपति जोजेफ 'इरप' एस्त्रादा भी हैं जिन्हें हटाने में वामपंथियों ने भी मदद दी थी। इसके अलावा ग्लोरिया मेकापेगल एरोयो भी हैं, जिन्होंने कांग्रेस में मौजूद नेशनल डेमोक्रेटिक लेफ़्ट के लोगों को क़ैद में डालने की कोशिश की थी। मार्कोस युग के अवशेष भूतपूर्व राष्ट्रपति फिदेल रामोस भी हैं जो निश्चित रूप से अमेरिकी सेना के पिट्ठू हैं। अगर वाकई ऐसा है

[14] डेल्फ़िन मलारी जूनियर एवं जोडी ए एगोंसिलो, 'एमपीए : 15 डैड इन बातंगास वर आवर्स' *फिलीपाईन डेली इन्क्वायरर*, 4 दिसंबर 2017।

तो सीपीपी ने दुतेर्ते की उम्मदवारी को इतनी आसानी से कैसे स्वीकार कर लिया था – यह एक पहेली है। इस बारे में एक धारणा यह है कि लेफ़्ट को दुतेर्ते के आश्वासनों पर विश्वास था क्योंकि दावाओ के शहर में उन दोनों के बीच लंबा संबंध रहा था। एक और तुलनात्मक रूप से ज़्यादा विश्वसनीय तर्क ये है कि लंबे समय से ठहराव का शिकार रहे क्रांतिकारी आंदोलन को तेज़ी से पुनर्जीवित करने के लिए दुतेर्ते जैसे बर्बर, सत्तालोलुप और आत्मलीन राष्ट्रपति की ज़रूरत थी। यह राष्ट्रीय ख्याति प्राप्त लेखक होज़े रिज़ाल के उपन्यास *एल फिलीबुस्तेरिस्मो* के किरदार 'सिमोन' के नाम पर एक तरह का 'सिमोनिया पैंतरा' ही था यानि, घाव को सुखाने के लिए पहले घाव को पकाना ज़रूरी है। तीसरी मान्यता यह है कि सीपीपी अपने उस विश्लेषण को छोड़ने के लिए तैयार नहीं है जो साठ के दशक से उसकी रूपरेखा निर्धारित करता रहा है। इसका मतलब है कि पार्टी ने एक बहुध्रुवीय विश्व में उभरती साम्राज्यवाद की नई रूपरेखा पर पर्याप्त रूप से विचार नहीं किया। लिहाजा, वामपंथ अभी भी दुतेर्ते-अमेरिका गठजोड़ पर हमला कर रहा है मगर यह देख नहीं पा रहा है कि दुतेर्ते ख़ुद कर्जे के लिए चीन पर आश्रित होते जा रहे हैं। उनकी आत्मलीनता और उनके टॉक-हांग रणनीति ने फ़िलीपींस के सरकारी खजाने को ख़ाली कर डाला है। कुल मिला कर फ़िलीपींस 1986 की तरह एक बार फिर वैश्विक प्रभुत्व के लिए आपस में जूझ रही ताक़तों के बीच एक धुरी बन गया है। इस बार फ़िलीपींस की जनता इन स्थितियों का सामना कैसे करेगी, इसी से तय होगा कि 7,400 टापुओं और 150 सामुदायिक-भाषाई समूहों को मिला कर बना यह राष्ट्र टिका रह पाएगा या टुकड़े-टुकड़े हो जाएगा।

19 दिसंबर 2017 तक एनपीए के प्रवक़्ता मेरार्दो आर्से कमांड ने दुतेर्ते को 'नशीली दवाओं के लिए पगलाए दैत्य', 'देश का सबसे बड़ा दहशतगर्द' और 'एक उन्मत्त आदमी' की संज्ञा देते हुए कहा था कि 'दुतेर्ते का विरोध करने और उसको सत्ता से हटाने के लिए तथा न्याय, लोकतंत्र व मुक्ति का सम्मान करने वाली सरकार की स्थापना के लिए क्रांतिकारी ताक़तें देश के तमाम शांतिप्रिय नागरिकों के व्यापक संयुक्त मोर्चे में हिस्सेदार रहेंगी'।[15] अब युद्ध की रेखाएं खिंच चुकी हैं।

शून्यता के ख़िलाफ़ एक पलटवार

अपने कार्यकाल के पहले साल के आख़िर तक आते-आते ही दुतेर्ते की भंगिमा

[15] ज़िया इयो मिंग कैपिस्त्रानो, 'रेड्स वाव टू ओवरथ्रो दुतेर्ते', *दावाओ टुडे*, 19 दिसंबर 2017।

लड़खड़ाने लगी थी। विपक्षी ताक़तें मज़बूत और एकजुट होती जा रही थीं। उनके द्वारा नियुक्त किए गए बहुत सारे लोगों की अक्षमता और उनके चेले-चपाटों की अय्याशी की दास्तानें सबके सामने आ चुकी हैं। बताया जाता है कि उनकी सरकारी विदेश यात्राओं में उनके तकरीबन 200-300 लोग सैर-सपाटे के लिए जाते हैं। इन सारी बातों से यह बात और उभर कर आ गई कि इस सरकार के पास कोई केंद्रीय दृष्टिकोण नहीं है। सिनेटर त्रिलानेस अपने उस बयान का अर्थ निश्चय ही समझते होंगे (संभवतः तभी तो वह दुतेर्ते का इतने कड़े सुर में विरोध करते रहे हैं) जिसमें उन्होंने कहा था कि दुतेर्ते सरकार एक बहुत बड़ा बुलबुला है, शून्य है। निहिलिज़्म/नाशवाद से चीजें बिखर सकती हैं, टूट सकती हैं मगर इससे चीजें गढ़ी नहीं जा सकतीं। तानाशाही के बाद जो थोड़ी-सी स्थिरता आई थी उससे इस द्वीप समूह को अपनी अर्थव्यवस्था को पुनर्जीवित करने, मार्कोस गिरोह और गुंडों द्वारा हजम किए गए कर्जों को चुकाने और एक सत्तालोलुप इंसान के शासन में नष्ट की गई शासकीय संरचना को एक बार फिर बहाल करने में थोड़ी कामयाबी मिली थी। भले ही देश आर्थिक और राजनीतिक धरातल पर लोकतांत्रिक दिशा में न जा पाया हो मगर दुतेर्ते सरकार के रूप में उसे जो सदमा और झटका लगा है, वह उसे फिर से पटरी से उतार देगा।

शून्यता की यह नीति किस क़दर भयानक रही है, इसका सबसे ज्वलंत साक्ष्य मारावी सिटी की तबाही में देखा जा सकता है। यह फ़िलीपींस का एकमात्र ऐसा शहर है जो मुस्लिम आबादी और ख़ास रहन-सहन के लिए पहचाना जाता है। यह सच है कि विद्रोही माऊते गुट ने आख़िरकार आईएसआईएस का दामन थाम लिया था मगर दुतेर्ते ने भी मोरो मुद्दे को भड़काने में कोई कसर नहीं छोड़ी थी – बांग्सामोरो बेसिक लॉ को पारित करने की कसमें खाना, जिससे मोरो समुदाय को स्वशासन का अधिकार मिल जाता और फिर इस बात को भुला देना, कभी बाग़ी मोरो नेताओं को अपना दोस्त कहना और अगले दिन उनके गुर्दे चबा जाने की धमकियां देना। इस सबसे टकराव और घना हो गया है। अब कोई ये नहीं बता सकता कि आगे इस मामले में क्या होगा।

दुतेर्ते के समर्थक उनकी दहाड़ों में छिपे खोखलेपन को भरने की कोशिश करते हैं – कभी वे संघवाद, संवैधानिक परिवर्तन, ग्राम परिषदों के ज़रिए सामूहिक वैचारिकीकरण की बात करते हैं। कभी टॉक-हांग के तनाव के दौरान और इनाम की उम्मीद में बनाए गए नए संगठनों की दुहाई देते हैं। बड़े-बड़े जनसमूहों को यहां से वहां भेजा जा रहा है या उन्हें तितर-बितर होने के लिए विवश कर दिया जाता है। कभी राष्ट्रीय स्तर पर मार्शल लॉ या एक क्रांतिकारी सरकार के लिए माहौल बनाया जाता है तो कभी मार्कोस

की संपदा को जब्त करके उसके पुनर्वितरण के फ़र्ज़ी आश्वासन दिए जाते हैं। इससे ये बात साफ़ है कि इस पूरे शोर शराबे में एक मुकम्मल विजन की तलाश कहीं नहीं है। इधर दुतेर्ते ने शासन के संस्थानों पर तलवार तान दी है क्योंकि वे अभी भी थोड़ा-बहुत अंकुश लगाए हुए थे। वे मीडिया में सक्रिय उन लोगों को 'फ़ेक न्यूज़' का नाम देते हैं जो उनके इशारों पर नहीं चलते। उनके ब्लॉगर्स रोज़ एक नए कल्पनालोक की रचना कर देते हैं। उन्होंने कांग्रेस को एक रबर स्टाम्प में तब्दील कर दिया है जिस पर कुछ विवादास्पद व्यक्तियों का दबदबा है। वह लोकपाल और सर्वोच्च न्यायालय पर खुलकर हमला करते हैं। उन्हें अराजकता और विवादों में ढकेल देते हैं। राष्ट्रीय पुलिस तंत्र से बहुत सारे काबिल लोगों को निकालकर उसमें उन्होंने अपने 'दावाओ के छोकरों' को भर डाला है। अब वह फिलीपीनी सेना की बेसिक पे में 100% इज़ाफ़ा करके सैनिकों को भी घूस देने जा रहे हैं।

इनमें से कोई-सा भी कदम फ़िलीपींस को एक राष्ट्र के रूप में जीवित रहने में मदद नहीं करेग। दुतेर्ते के तमाम राजनीतिक कदम विपक्ष को ख़त्म करने और इलाकाई गिरोहों को बढ़ावा देने पर केंद्रित हैं। इसका मक़सद क्या है, कोई नहीं जानता। मुख्य रूप से ख़ुद को सत्ता में बनाए रखने के चक्कर में उन्होंने देश की मुद्रा को पिछले 11 साल में सबसे निचले स्तर तक गिरा दिया है। व्यापार संतुलन में अचानक घाटा दिखाई पड़ने लगा है। दुतेर्ते की सरकार में पुरस्कार और दंड की भरमार है। ये पुरस्कार और दंड आमतौर पर चापलूसी या 'कथित वफ़ादारी' के एवज़ में दिए जाते हैं। डेंजरस ड्रग्स बोर्ड (ख़तरनाक नशीला पदार्थ बोर्ड) के हाल ही में नियुक्त किए गए एक अध्यक्ष ने ग़लती से ये कह दिया था कि एक अरब पेसो के ख़र्चे से बना पुनर्वास केंद्र बेकार है। राष्ट्रपति ने फ़ौरन उनको इस्तीफ़ा देने के लिए मजबूर कर दिया था। राष्ट्रपति की बेहिसाब तरफ़दारी करने वाले एक सांसद को उसी की पार्टी ने निष्कासित कर दिया था मगर रातोंरात उसी को राष्ट्रपति का प्रवक़्ता बना दिया गया। अगर किसी तबके पर दुतेर्ते के हथकंडों का सबसे कम असर पड़ा है तो वे हैं महिलाएं, जो इस बात को भली-भांति जानती हैं कि बदमाश किस तरह अपना काबू क़ायम करते हैं और अपने शिकार होने वालों का हौसला पस्त कर देते हैं।

जैसे-जैसे ये साफ़ होता गया कि नशा विरोधी अभियान असल में एक हत्या अभियान के अलावा कुछ नहीं है, वैसे-वैसे शुरुआती सदमे का एहसास एक सघन गुस्से में तब्दील होने लगा। इस गुस्से के लिए चिंगारी सबित हुआ 19 साल के एक लड़के का कत्ल। एक विदेशी प्रवासी मज़दूर के 19 साल के इस बेटे को मोटर साइकिल पर

सवाल 14 ऐसे ही 'स्वयंभू रक्षकों' ने बर्बरता से मार दिया था। जी हां, यही टॉक-हांग अभियान के पैदल दस्ते हैं। इस लड़के का कोई आपराधिक रिकार्ड नहीं था। वह अपनी दुकान बंद कर रहा था कि तभी उसे अगुआ कर लिया गया। उसे एक सुनसान जगह ले जाकर पीटा गया। उसके बाद उसे दौड़ने को कहा गया मगर वह बेचारा फ़्लैटफुट (सपाट तलवों) की वजह से ज़्यादा दौड़ नहीं पाया। क़ातिलों ने उस पर गाड़ी चढ़ा दी। उसके हाथ-पांव तोड़ डाले। इसके बाद भी उन्हें रहम नहीं आया और उसे गोलियों से भून डाला। कुवैत में काम कर रही उसकी मां लौटी तो उसने बताया कि उसे अपने बेटे के अंतिम संस्कार में हिस्सा लेने के लिए भी अपने मालिक के पांव तीन बार चूमने पड़े तब जाकर उसे इजाज़त मिली।

उसके करुण क्रंदन से देश हिल उठा। फ़िलीपींस के तकरीबन एक करोड़ लोग दूसरे देशों में काम करते हैं। लिहाजा इस हत्या की गूंज दूर-दूर तक सुनाई दी। यह देश अभी भी अर्द्धदास व्यापार और महिलाओं की इस बिक्री के अपराधबोध से उबर नहीं पाया है और जब एक प्रवासी महिला मज़दूर के साथ ऐसा हादसा हुआ तो पूरे देश का गुस्सा छलक आया। राष्ट्रपति दुतेर्ते का मुक़ाबला करने के लिए कैथलिक चर्च ने फ़ैसला लिया कि देश के सारे चर्च 'ड्रग वॉर' के नाम पर मारे गए लोगों के शोक में 40 दिन तक रोज़ 10 मिनट तक घंटी बजाएंगे। 21 सितंबर दिवंगत फर्डिनांड ई. मार्कोस द्वारा 1972 में देश में मार्शल लॉ थोपने की बरसी होती है। इस दिन देश भर में रैलियां और जुलूस निकले गए, सभाएं की गईं। 1 नवंबर यानि 'मृतक दिवस' पर दुतेर्ते शासन के तहत मारे गए लोगों की याद में हज़ारों मशालें जलाई जा रही थीं। दुतेर्ते सरकार को नेशनल डेमोक्रेटिक लेफ़्ट ने परंपरगत रूप से अमेरिकी साम्राज्यवाद का पिट्ठू घोषित कर दिया था।

इसी बीच वैश्विक बीपीओ कॉल सेंटर उद्योग, जिसका 50% हिस्सा फ़िलीपींस में है और उसमें लगभग 10 लाख लोग काम करते हैं, वह थम गया था। पर्यटन धराशायी हो रहा था। दक्षिण कोरियाई कारोबारी एक-एक कर वापस लौटने लगे थे। दक्षिण कोरिया के ये व्यापारी अपने एक मैनेजर की हत्या और वसूली की घटना से आहत थे। यह घटना कितनी भयानक थी इसको जरा देखें : पुलिस वालों ने न केवल मैनेजर को मार डाला बल्कि उसके शव को जलाकर उसकी राख भी पाखाने में बहा दी थी। विनाशवाद एक असहनीय क्रूरता पैदा करता है। मगर जवाबी गुस्सा भी उतना ही असहनीय और अदमनीय होता है।

निनॉच्का रॉस्का

करार

उसकी दोस्ती की ख़ातिर तुम नाचने लगे –
घुटनों पर, पेट झुलाते और नथने फुलाते नाचने लगे
मौत का नाच।
ख़ुद अपनी मौत को टालने की उम्मीद में तुम
कभी एक दुधमुंहा बच्चा
कभी एक लड़की
कभी एक लड़का
कभी एक नौजवान
कभी एक पिता
कभी एक गर्भवती मां
उसकी भेंट चढ़ाते गए।

खून में डूबे दांत चमकाती मौत अट्टाहास करती है
उसके छोड़े भीषण केंचुए-कीड़े
उनके गुस्से, पीड़ा और आंसुओं पर पनपने लगते हैं
हर केंचुआ मौत का तांडव करता है
और देखते-देखते तुम्हारे जिस्म को निगलने लगता है।

लेखक

ईव एंसलर *'दि वजाइना मोनोलॉग्स'* की लेखिका के तौर पर दुनिया भर में मशहूर हैं। पटकथा लेखक, कार्यकर्ता और लेखिका के रूप में उन्हें टोनी अवार्ड, ओबी अवार्ड आदि प्रख्यात पुरस्कारों से सम्मानित किया जा चुका है। उनकी रचना *'दि वजाइना मोनोलॉग्स'* का 48 से अधिक भाषाओं में अनुवाद किया जा चुका है और 140 से अधिक देशों में इसकी मंच प्रस्तुति भी की जा चुकी है। ईव एंसलर महिलाओं और लड़कियों के विरुद्ध होने वाली हिंसा को खत्म करने के लिए 20 साल पहले शुरू किए गए वैश्विक आंदोलन – वी-डे – की संस्थापक भी हैं। इस अभियान के तहत 10 करोड़ डॉलर से ज्यादा चंदा भी इकट्ठा किया जा चुका है। वी-डे की सफलता से प्रेरणा लेते हुए उन्होंने 'वन बिलियन राइजिंग' अभियान का भी सूत्रपात किया। यह महिलाओं के विरुद्ध हिंसा को खत्म करने के लिए चलाया गया सबसे बड़ा आंदोलन है, जो अब 200 से अधिक देशों में फैल चुका है। *'दि फ्रूट ट्रिलोजी'* उनका नया नाटक है, जो ल्यूसिए लॉर्टेल थिएटर में एबिंगडन थिएटर कंपनी द्वारा 2018 में पहली बार जनता के सामने मंचित किया जाएगा।

दानिश हुसैन एक अभिनेता, शायर, दास्तानगो और रंगमंच निर्देशक हैं। *'होशरूबा रेपर्टरी'* के नाम से उनकी अपनी एक थिएटर कंपनी है। उनको उर्दू दास्तानगोई परंपरा को पुनर्जीवित करने के लिए भी जाना जाता है। इसी सिलसिले को आगे बढ़ाते हुए उन्होंने बाद में 'किस्सेबाजी' के नाम से एक बहुभाषी स्टोरीटेलिंग प्रोजेक्ट भी शुरू किया है। *पीपली लाइव* (2010), *आंखों देखी* (2013) और *न्यूटन* (2017) सहित कई फिल्मों में अभिनय कर चुके हैं।

बुरहान सॉनमेज़ की ख्याति एक उपन्यासकार के रूप में है। *कूज़े* (2009), *मासुमलार* (2011), *इस्तांबुल इस्तांबुल* (2015) उनकी प्रमुख रचनाएं रही हैं। उन्होंने विलियम ब्लेक का तुर्की भाषा में अनुवाद भी किया है। साल 2017 में उन्हें वास्लाव हावेल लाइब्रेरी फाउंडेशन की तरफ से डिस्टर्बिंग दि पीस पुरस्कार से सम्मानित किया गया। वह पीईएन इंटरनेशनल के बोर्ड सदस्य भी हैं।

लेखक

निनॉच्का रॉस्का एक उपन्यासकार और पत्रकार हैं। उनके *स्टेट ऑफ़ वॉर* (1988) और *ट्वाइस ब्लेस्ड* (1992) नामक उपन्यासों को आधुनिक फिलीपीनी साहित्य में क्लासिक का दर्जा मिल चुका है। उन्होंने होज़े मा सिजॉन *: ऐट होम इन दि वर्ल्ड* किताब का सहलेखन किया है, जिसमें फिलीपीनी कम्युनिस्ट पार्टी के संस्थापक अध्यक्ष होज़े मा सिजॉन के बारे में बताया गया है।

विजय प्रशाद 'ट्राई कॉन्टिनेंटल : इंस्टीट्यूट फ़ॉर सोशल रिसर्च' के निदेशक तथा लेफ़्टवर्ड बुक्स के चीफ़ एडिटर हैं। *रेड स्टार ओवर दि थर्ड वर्ल्ड* (लेफ़्टवर्ड 2017) उनकी सबसे ताज़ा किताब है।

योगेंद्र दत्त पिछले दो दशक से अनुवाद के क्षेत्र में सक्रिय हैं। क्रिस्तोफ़ जाफ़्रलो की *भीमराव आंबेडकर : एक जीवनी*, वसुधा डालमिया की *हिंदू परंपराओं का राष्ट्रीयकरण – भारतेंदु हरिश्चंद्र और उन्नीसवीं सदी का बनारस* (संजीव कुमार के साथ अनुवाद), असीम श्रीवास्तव एवं आशीष कोठारी की *पृथ्वी मंथन – वैश्विक भारत बनने की कहानी*, वुल्फ़गैंग शिवेलबुश की *बेतिलिस्म रात-रोशनी का आधुनिक सफ़र* तथा मधु किश्वर की *राष्ट्रवाद की चाकरी में धर्म* आदि पुस्तकें उनके प्रमुख अनुवाद हैं।